十里孤岛　囚谁终老

林熙妍　著

中国广播影视出版社

自 序

　　九八年，我以高于自费分数线九分的成绩，踩着美术生的身份，开始了高中生活。在我们这一年上高中的人，似乎总是有点与众不同，自从香港九七年回归，好像陆续影响着所有的改革制度。

　　高中的生活比预想中少了很多激情澎湃，我开始看言情、看武侠，错过了很多看似重要的文化课，譬如历史，厚厚的八本《风云》，被那个可爱的历史老头收了三本，另外五本不在我手里。

　　高中沉迷于"读书"，让我找到了此生最大的乐趣，我不仅仅沉迷台湾友人的情爱之书，还开始接触安妮，知杜拉斯，了解米兰·昆德拉、尼采……我开始胡乱地写，用高中流行的横格笔记本，封面有我高中时期的笔名。

　　我开始给周围的朋友们分配角色，像是真的在写一部电视剧的模样，也就有了各种的传播，有了更多同学来问我，何时给他们分配个角色。那些被我钦点了角色的人，都乐得看一看横格本中我给他们安了什么戏份。这大概也就是现在所谓的传播效应了。

　　一直到大学，写东西成了一直喜欢的事，胜过自己的绘画专业。于是，大学时的我，在写作上小有成就，报纸、杂志都发表过些许文字，各大文学论坛也都留下痕迹，大学时的笔名，算得上小有名气，如今却已不见很多文学论坛的影子。

毕业后，因为兴趣，选择与文字相关的工作，感觉自己从没有学过美术这个行当。从图书编辑到杂志编辑，到电视编导，再到媒体编辑，一路上与文字脱不了干系，彻底丢了画笔，绝了艺术的根。

离开学校后，疲于奔波于温饱问题，小说再也没了大学时候的灵气，多了市井之气。工作一年后，决定封笔，不再写自己的文字，不再上文学论坛。曾读过一段话：编辑和记者的书最不好看。经历过便知，这个行当是流水的兵，没有文笔辞藻之说，无非是个真实存在的事件报告者。

封笔几年，反反复复，多次想重新写作，终究没了一气呵成的灵感，心不静，便也就放弃了。

走过了人生大半路程，青春快耗得没了余地，自己在想还有什么事是自己还欢喜的。

重新拾笔，时隔十二年，重新感觉自己可以写了。这么久，做了很多曾经那些文字下未曾经历的事，这些事就这样自动找上门，像是河水泛滥，堵了门。

当我们失去青春，渐渐老去，我们开始失去了激情、爱情、友情……人情世故的我们，在这个钢筋水泥的城市里，逐渐没有了感情，不知道什么叫悲伤，什么叫快乐，似乎和人无关，和钱有关。没有人会在意什么叫悲春伤秋，这些都是无关利益的无用情感。

一段刻骨铭心的爱情，不同的年龄，不同的处境，也许是你正在发生或准备发生的，只想和你产生一丝共鸣。当你步入了人生的另一半，你是否在走最新的人生？

笔下，也许就是开始。

林熙妍

二零一六年八月二十八日　北京

目录
CONTENTS

01
逃离光怪陆离的陆地

午后，接近日落的时间，阳光发出刺眼的白光，天际的边缘，逐渐被红色的霞光渲染，看似一片远方的宫殿。

渡轮的甲板被阳光照耀着，一片光亮，这渡轮是登陆小岛唯一的交通工具，人们可以把车和一切的行李，包括人，安置在这个硕大的渡轮上。一层停车，二层停人，三层是露台，被绳子拦住，禁止登上，想必是怕过海的人们一拥而上，出了差错。

海水清澈而平静，颜色由蓝变绿，被阳光映射得波光粼粼。似乎是阳光的一缕忘记了折射，照上了渡轮二层靠着船栏站立的女子的脸。飘扬的黄色旗帜，在女子的身边飘忽不定，拂过她肃静而美丽的脸。她没有遮挡，微微地眯起眼睛，目视远方的那片霞光宫殿，呼吸着海水散发出的娴静气息，阳光拂过她的脸，如同拂过一朵阳光下盛开的花儿，甚是明快、好看。

这艘渡轮正驶向柬埔寨边界的一座小岛，当地人叫这个岛 เกาะช้าง，英文是 Koh chang，因全岛形状如大象而得名，chang 就是大象的意思，中国人翻译成"象岛"。象岛属于泰国境内东部地区，岛屿群山绕翠，宁静且纯朴无暇，全岛大部分都是未被破坏的热带雨林，充满了自然生态之美，是探险爱好者的天堂。可能是因为小岛临近柬埔寨边界的原因，让这个岛似乎蒙上了一层神秘的面纱。这个站在船栏边的女子，被远处那片逐渐映入眼帘的葱翠小岛吸引，略显雀跃。

这个国家，让她感觉神奇而美丽。这片土地上，没有四季之分，只有炎热和雨水。人们生活在这一方炎热之地，看不到季节更替嬗变，单调而安逸。

6 月 21 日，夏至，代表着炎热将至，最大的特点就是暴雨、梅雨、高温桑拿，中国有谚语"夏至落雨十八落，一天要落七八砣"，在这个炎热的国度彰显无疑。午后的天空，刚刚下过大雨，转瞬便晴空万里。接近日落的时间，竟然被天空折射的光线穿透了眸子，她抬手，挡着刺眼的光，眺望着远处逐渐靠近的港口。

她叫苏玥荞，复杂难写的名字，听着有点像古时候的大家闺秀，小时候课本上的姓名，成为她最不愿写的字，于是，她自己把名字缩写成苏月乔，像日升月落的场景描述。因为这个，老师找过她的妈妈，问究竟户口上的姓名是什么。这件事被妈妈告知无数次，以后要在作业本上写对自己的名字，可她依然如故，并不是写错了，只是不喜欢。不喜欢，又为何写对？工作以后，她更是缩了名字的字数，让别人叫她苏乔，英文名直接一个单字"SU"。她不喜欢繁杂难懂的东西，如今自己似乎都已经逐渐忘记那个复杂难写的大家闺秀的姓名，包括她的妈妈，现在也叫她苏乔。清晰简洁，充满了现代感。

苏乔常年混迹时尚圈，编辑那些晦涩难懂的英文品牌，看似神奇的化妆品功能，还有那些被称为潮流的服饰搭配。其实那些化妆品哪有什么神奇功效，无非也就是化学混合物；她和那些时尚达人一起，去那些听起来高端大气上档次的巴黎的、米兰的、伦敦的、纽约的时装周，春夏的、秋冬的，都要去，到了那里，就像狗一样站在街头给别人拍街拍，发了疯一样地赶场子，写稿子；她和那些时尚达人谈论法国、美国、意大利的彩妆店、买手店，可究竟有多少人买了当季新品，没人知道，也许只是在国内某处，买了最新的高仿货。她们说着夹杂着英文的中文，还是用着台湾腔，不过是一些来自东北的，身材宽阔的东北妞。

一切的光鲜亮丽，都只是外人看到的，在苏乔眼里，都是伪装。一个月少得可怜的工资，还要应付那些没完没了的虚假应酬，哪有那么多的奢侈任你肆意挥霍，除了青春，大把挥霍，而后，一无所获。时尚圈最流行的，便是剩女，一片。

她穿今年不流行的绉纱黑色吊带长裙，戴已经不是当季新品的墨镜。齐肩发散落在裸露的肩膀，左肩有泰文的纹身。她素面朝天，不施胭脂，她与那个看似光鲜亮丽的职业道了别。

她离开北京，坐 5 个小时飞机到曼谷，从东部汽车站买车船联票，途径芭提雅、罗勇、沙美岛，坐 5 个小时的汽车到达 CENTER POINT 渡轮码头。她在这个孤独的港口，等待每一小时一班的渡轮，人群和车辆排列整齐地上了船，要坐 1 小时渡轮，穿越这片碧绿的大海，到达彼岸。她在历经十几个小时之后，将抵达那片绿色的小岛之上。

她已经记不清自己究竟是第几次来泰国，周围的人都不能理解她，为什么喜欢泰国，这个东南亚炎热贫穷的国家，在她们那个圈子，属于上不了档次的旅行地。她不解释，只是讪讪而笑，她喜欢这个国家，这个国家有种魔力，让她着了魔。

这个国家的简单、淳朴，是她一直喜欢的，可以忘记烦恼，清了心。

每次不开心的时候，她就会来这里，把烦恼忘记，重新出发。当她重新出现在勾心斗角的办公室里，任由周围画得五彩斑斓的花蝴蝶们猜测，她究竟是去了意大利还是法国，也许是威尼斯。就像曾经的那个高级玩笑，有空的时候，飞到巴黎喂喂鸽子，也好。

这一次是为了什么？是因为和方子勋的分手？还是因为和相识 5 年的好友变成陌路人？或者是因为离开了和好友共事了 5 年的工作？

也许这些都是原因吧，她什么都没想，收拾行李，买了机票，就来了。这一次，有所不同，她不会再回到那个办公室，不会有人猜测她究竟去了哪里。

她来自于繁华的都市，和所有都市里生活的人们一样，对欲望和物质有着越来越多的需求，总也停不下。而今，她离开那片虚假的繁华，来这个千里之外的炎热之地，不知道自己究竟寻找什么？没有选择目的地，只是听泰国的朋友南溪说起过象岛，便决定来这个小岛看看，没有选择。

很多时候，当你放弃了自己拥有的一切，独自出走，并不是因为欲望使然，仅仅是因为在跟随内心的声音。这里就像是有一束灵魂的光，像引渡的使者，在指引着她，她跟随这灵魂的引渡者，一路来到这里，断绝一切，无须也不需要告知别人自己的过去。

"Excuse me, Can you take a picture for me？"一个黄发碧眼白皮肤的漂亮女孩，走到船栏边，请求苏乔帮她拍张照片。

苏乔的思绪从遥远的小岛尽头飘了回来，微笑着点头，按照这个漂亮女孩的要求，在栏杆位置拍照，背景里收进远处逐渐出现的红色晚霞，按下快门，照片里的女孩在余晖映衬下，似是雅典娜的光辉照耀着。这个女孩看了下照片，很满意地竖起大拇指，说着"good, I like it"，点头微笑向苏乔道谢，便离开了。

外国女孩很开心地看着照片，然后到甲板的其他地方拍照，她不知道，这个给她拍照片的女人，曾经给很多明星做拍摄策划，照片出来后，放在时尚杂志上，光鲜亮丽，受人观摩。这便是陌生人，一无所知。

苏乔收回目光，脸上若有若无地笑。她重新倚靠在栏杆上，向下看着渡轮一层的甲板，上面排列着过海的车辆，整齐而拥挤。有一些人坐在车里，像一盒沙丁鱼，等待着靠岸。二层蓝色多棱的棚板下，被过海的人群挤满，除了本地的居民，基本上都是蓝眼睛白皮肤的外国人，随处可见泰国女人带着金发碧眼的孩子。空气里充斥着陌生人的身体，散发着炎热天气下的皮肤潮湿的气味，被海风吹过，飘过蓝漆的渡轮舷墙，落在海面。

已经磨旧的绿色塑料座椅上坐满了人，有的打着瞌睡，有的互相聊着天，也有一些看着手机，还有一些背包客在四处转一转，拍着照片，笑得灿烂。

象岛不同于那些已经被开发得非常成熟的岛屿，从曼谷前往象岛的路程，对旅游者来说，交通不便利，便阻碍了旅游团。于是，几乎承包泰国景点的中国旅行团并没有出现在这里，这也就意外地保护了象岛世外桃源般的原生态，成为独自旅行的人的最佳去处。苏乔喜欢这个似乎有些寂寞的岛，让她充满了期待。

苏乔没有在渡轮上走动，只是在栏杆的位置，看着这片美丽而安静的大海，看甲板上紧张而兴奋的人们，看逐渐靠近的岛屿，她的目光漫无目的。

大约过了四十分钟，二层甲板上的人群开始熙熙攘攘，他们开始忙碌着收拾行囊，成堆聚集。那些驾车的人们回到自己的车上，启动发动机，等待着。

发动机的轰鸣声，渡轮的汽笛声，人群讲话的嘈杂声，让整个渡轮瞬间变成了一个热闹非凡的市场，一种讨价还价的气势。

渡轮在靠近岸边的时候，把硕大的蓝白相间的船体，缓慢地调了个头，原本是船尾的部分变成了船头，发着铁锈色的舷板被慢慢放下，铁链发出"嘎啦嘎啦"的声音，突兀地萦绕在鼎沸的人群之上，随着铁链逐渐放长，舷板落在岸边，与岸边的铁板重合，便于车辆通过。

一层的车辆下了船，人们开始陆续拥挤地，像海水涨潮般，涌向岸边。苏乔背着包，拖一个银色行李箱，她几乎把自己所有的家当，都放进了这个大得可以装下整个人的行李箱。

她磕磕绊绊地跟随着人群，在最后面下船，这是她的习惯，她不喜欢拥挤，不喜欢争抢，无论在哪，她都会在人群的最后慢慢离开，如同独立的尾随者。

从船上开下的车辆，快速地离开了码头，下船的人群快速找到自己接站的车辆或人，离开港口。在码头上等待坐船离开这座小岛的车辆和人们，等待船上的人全部离开后，陆续登船。如此这般，流程相同，动作相同，表情不同，心情不同。他们带着复杂的心绪，离开这座岛，或悲伤，或失望，或茫然。

码头上剩下一些下船还没离开的人群各自忙碌着，打点着自己的行李，寻找着自己的方向，包括苏乔。

02
凄然一笑，便是缘分

　　码头旁边，是小岛上的公交车站，没有窗明几净的旅客大厅，只是简单的木头搭建的棚子，和一条木头横着的等车椅。公交车站停着几辆公交车和有着"TAXI"牌子的出租车，类似于国产的皮卡，搭了简单的棚子和座椅。

　　那些背包客，手里拿着旅行指南，指指点点，选择着目的地，逐渐上车。苏乔用简单的英语沟通，象岛由于并没有完全开发，当地人对英语的理解也很低，只是胡乱地理解着。

　　交了钱，坐上这泰国独有的公交车，座位已经占满，苏乔在最边上的位置坐下，车便发动了。

　　小岛上的路是沿海的盘山路，柏油路面像是近年才铺的，看起来很新，没有尘土飞扬。很多路异常陡峭，直上直下的样子，让人感觉一不小心就会从上面滑落下来。岛上的居民骑着摩托车，从上面快速冲下来，令人心惊胆战。

盘山路内侧是树木茂密的山，外侧朝临大海，苏乔的座位，面朝有海的山崖，可以从山崖边茂密的树木缝隙间看到远处碧蓝的海面，一晃而过，反复闪现。郁郁葱葱的树木间，有红色的花朵穿插其间，让满眼恍惚的绿色有了辨识度。杂乱无章的电线，穿插在路边茂密的树木间，若隐若现。

苏乔默默地看着路途上的风景，这座被浩渺海水包裹的岛屿，那样风姿卓卓。

车上的人们小声地说话，怕打扰了别人。有几个外国背包客和苏乔相视而笑，她喜欢这种相视而笑的瞬间，让人有美好的印象。这种不真实的感觉，只有在陌生人的世界才能出现。这里有属于她的表达方式，不需要聒噪的语言，不需要花枝招展的装扮，也不需要让别人知道，你到底有多牛逼。这种简单的交流，从不受时尚圈的欢迎。那个圈子喜欢张扬的、不可一世的夸耀，若没了那些，便也就没了时尚，就算是吃个路边摊，也要脚踩十公分的PRADA，手拎三万的CHANEL，何来简单一说。

车子冲上有70度角的陡峭坡路，皮卡的发动机发出轰鸣声，攒足动力向上攀爬，如同老妪腐朽的身体，缓慢而吃力。从对面开下一辆黑色机车，像是要从坡路上飞下来一般，呼啸而过。苏乔被帅气的黑色机车勾了魂魄，这是她一直梦想的画面，自己穿着帅气的赛车服，骑着黑色机车，飞一样地在马路上狂奔，不需要考虑自己究竟穿的是不是当季新品。不过像这种从陡峭的山路上飞下来的景象，却从来没想过，在北京的五环路，"飞驰"这个词不太可能，除非不想活了。

苏乔与那擦车而过的机车主凄然一笑，缘分也许就是在擦肩而过，在凄然一笑。

苏乔没有看清机车上男子的模样，更不可能看到安全帽下的笑容。

他们，只是擦肩而过。

公交车经过很多看似豪华的酒店、度假村，车上的人陆续在目的地下车。车子经过了闹市区，经过落寞的草木丛生的无人区，经过一座破旧的桥，生了潮湿的绿色苔藓，经过路边搭起的帐篷水果摊，连成一片。在车子开了20分钟左右的样子，苏乔根据导航提示，在一个寺庙的路边下了车，导航指示，她预定的酒店就在附近。

她与车上唯一没有下车的背包客道别，便下车了。车子在马路拐弯处消失了，载着只有一面之缘的陌生人消失。

她穿过泛着黄色尘土的马路，不知从哪里开始，路面已不再是新修的柏油马路，黄色坚硬的土地露出来，让路面显得坑洼，映着路边繁杂的店铺，显得有些落寞。

酒店是南溪推荐的，位于孔抛海滩，可以在网上预订，从图片看，有着一切海边度假村该有的风格，价格不贵。

苏乔跟随着导航，拐进一条小路，两边有零落的餐馆和商铺，走到尽头，左转，再右转，沿着一条石头墙的泥土小路，一直走进去。路很窄，只能通过一辆车的样子，路边杂草丛生，像随时都能窜出吸血鬼的偏僻地方，如果不是有导航，苏乔会坚定地认为自己走错路了。

走到小路的尽头，左拐，有一个看似酒店的门，不是很大，走进去，右侧有简陋的前台，幽幽亮着光，远远看去，酒店外貌和网络上的照片相差甚远，苏乔瞬间印证了传言中"网络图片不靠谱"的定论。

前台空着，忽然有人在苏乔身后说着话，让她毛骨悚然，感觉自己像是进了一处无名的凶宅，感觉心情七零八落的。

苏乔转头，看见是个服务员打扮模样的人。她用英语咨询这个服务员，服务员听不懂她的话，她打开在网上定的酒店信息和图片给他看，那个服务员好像明白苏乔要入住。他比比划划地说了一堆泰语，苏乔感觉自己好像可以和这位服务员演一出哑剧了，最后终于明白自己走错了地方。这种沟通方式，着实让人有些紧张。

苏乔按照自己理解的意思，沿着那面石头墙小径原路返回，不远处，便看到一个有着泰文门牌的大门，门口有门卫房，一个保安模样的人站在那里，对她微笑。苏乔走进去，可以看到左右两侧的停车场，正中间有圆形的花坛，中间有四只石龟在美好地喷着水，石龟四周，有高过房檐的椰子树。圆形花坛两边，有修茸石头坡路通向有着茅草装饰的屋檐和大气的度假村大门，一切都跟网上的图片一样。

苏乔走上台阶，便可看见空荡的前厅，左转，便是大堂。

整个前厅大堂都是木头搭建而成，没有封闭的窗户和门，大堂的柱子刷着淡黄色的墙漆，墙壁上有木质的壁灯。四周有棱格窗户装饰，空出开阔的面积，透着屋外的风景，枝叶在窗外翠绿姣好地伸着腰肢，像墙壁上的装饰画。大堂的摆设很简单，竹藤编织的沙发椅，有着白色的靠垫，懒散惬意。东南亚度假村典型的风格，一应俱全。往来穿梭的游客，找个位置坐下休息，苏乔终于放下刚才悬在半空的心，一切都是美好的。

简单却很干净的白色前台在大堂最里面的正中间位置，前台内侧，两边搭建有罗马柱子，前台两边的翠绿盆栽显得心情都随着跳跃。前台的光线稍显昏暗，照耀着下面忙碌的服务员。

前台是一个泰国女孩和一个"人妖"（这是苏乔的第一感觉）在服务。苏乔拿出护照，用英语交流，那个"人妖"接过来，用泰式英语说着话，证实了苏乔的"第一感觉"。无比复杂地交流之后，并不顺畅，这让苏乔大伤脑筋，在这里，似乎语言是一件很难解决的问题。这位人妖服务员好像并不喜欢这位中国游客，对她的态度有些不耐烦，旁边有一个华裔导游在办理入住，看见苏乔这边的状况，好心地帮助苏乔做了解释，才把手续办妥。苏乔无比感激地谢了这位华裔导游。深深地叹了口气。

人妖一脸不情愿地找来行李生带苏乔去房间。他们从前台旁边的门走出去，是大堂和户外连接的一条长廊，过了长廊，有一条架在水上的木头小桥，昏暗无光，穿过桥面，便是地面上蜿蜒曲折的石头小径，被周围的草地包围着，孤独而倔强。沿着石头小径一直往里走，靠近池塘的位置停下了，134 号，行李生帮苏乔把行李放进房间，苏乔给了他 100 泰铢的小费。在泰国，很多服务生是靠小费生活的，也许这 100 泰铢，对于很多人来说并不算多，但这些也许就是这个行李生今天的伙食费。

这里并排两间木屋，木屋中间有木质台阶，分别朝向两个屋子的前门木头平台上。苏乔的房间在右边，可能是因为淡季，左边的房间还空着，没有邻居。

拾阶而上，平台上有木头做的横条长椅栏杆，栏杆下面，有红色的小花，齐着栏杆，在绿叶簇拥中开得茂盛。平台上有两张木头座椅和一张木头桌子，上面摆放着烟灰缸，供客人在这里吸烟休憩。还有晾晒衣服的木头架子，被风吹日晒得有些发乌。正中间便是棕色木门，门两侧的墙面，依然是淡黄色的墙漆，有两盏壁灯，安静地贴在墙面上。

这里的人习惯在进门前，把鞋子脱在门口，苏乔光脚进入房间。房间干净宽敞，设施齐全，设计简洁清新。

整个房子都是棕黄色的木头搭建而成，地面是木地板，房间内的摆设也几近木头家具，屋顶是木头拼组而成的尖顶，有木制的风扇在慢悠悠地旋转，让人想起这个屋顶下的暧昧情节。所见之物，颜色统一刷了棕色的漆，泛着松桐油的光泽，毫无违和感。

进门左手边是书桌和靠墙的衣柜，书桌上方有一扇和右手边对称的窗户，木质沙发和茶几便在右边窗下，沙发上有三角的白色休息靠垫。沙发旁边有木棱的躺椅，还有一面贴在墙壁上的大穿衣镜，苏乔喜欢躺在躺椅上，看镜子里的自己，像是一个即将在此孤独终老的女人。

正对着门口，是宽大的双人床，铺着白色的床单被褥，看着让人可以干净地睡眠。床边有窗户，窗外有大片的芭蕉叶遮挡着，没有阳光透进来。房间的窗户和门上，全部挂着白色窗帘，门外的人看不清房间里究竟是否有人在向窗外观望。

床的旁边有门，进去便是洗手台，棕色木质的台面，白色洗手槽，正面墙上有大面积的梳洗镜子，两边墙面是蓝色小格瓷砖装饰，有白色圆筒吊灯把洗手台照得明亮。洗手台从中间隔开了卫生间和浴室。一切都淡雅干净，一切都让人舒心，让人忘记了那间无名的凶宅。

苏乔高兴地把行李打开，把穿的衣服一件一件挂在衣柜，把洗漱用品整齐地摆放在洗手台上，长期出差让她变得有严重的强迫症。

一切收拾完毕，她一下子跳起来扑进房间里那张白色大床，唏嘘感叹，舒服啊，如果可以一直这样子，多美好。

她不知道自己要在这里滞留多久，漫无目的地滞留，一个旅行者或是流浪者，无从得知。没有人知道她去了哪里，没有人知道她来自哪里。在她消失的这两天里，没有人关心她，究竟是不是还活着。

小时候，因为名字写错，错而不改，被妈妈狠狠地教训，一气之下，便从家里跑出去，躲到自己经常去的一个小山洞里，一直到天黑也不回去。那个山洞据说是村子里以前战争的时候留下的，苏乔经常会和一些男生跑到山洞里玩司令部指挥的游戏。山洞黑暗无光，她不知道外面是黑天还是白天，就那样朦朦胧胧地睡着了，醒来后，回到家，妈妈上来打了一巴掌，然后就抱着她哭得一塌糊涂。她知道自己犯了错，没有说话，任由妈妈拥抱。她可以感受到那种爱，遍布全身，让人眷恋，也让人战栗，这种眷恋，会让人孤独。从那以后，妈妈不再要求她把名字写对，也许怕她再次消失。

长大之后，这种孤独像是长在心底，她害怕犯错，害怕眷恋，她渴望那种遍布全身的爱，却也害怕那种孤独滋生全身。苏乔对任何人，都保持距离，看似冷漠，却只是一种无力的自我保护。她知道，自己容易眷恋，有了感情，便会有伤害。蒋婷的出现和背叛，再次让她明白，感情越深，伤害越大。

03
爱情总是这么不堪一击

度假村很大，度假村里的设施一应俱全，有孩子娱乐的场所，有泳池、酒吧、餐厅，客房分为别墅区和客房区，一片椰子树林隔开两个区域，中间穿插着石头小径，走过其中，有二层的小木屋树立其中，青草艾艾，树木葱茏，像是入了世外桃源。苏乔匆匆转了个大概，然后去酒店海滩边走一走。

孔抛海滩并不是那种白沙皑皑、温润多姿的海滩。这里的沙滩有参差不齐的礁石，在岸边，像自然打造的艺术品。海滩的沙子不是很细腻，砂砾铺陈其中，只有在一些平坦的地方可以光脚走路。大片的海水，碧绿的颜色，一直延伸开去。四周环山，远处的海上有看似漂浮的小岛，渔船在海面上缓慢行驶，环岛之中，一片肃然。

整个孔抛海滩，有几家度假村，把整片海滩分割开来，在海滩的椰子树下，整齐地排列着海滩躺椅，那里有很多来自于不同国家的游客，躺在树下享受这里的一切。海滩走上去，便是酒店的泳池、酒吧、餐厅，临大海而立，景色绝美，游客的休闲时光，大部分可以在这里解决。

海边的日光已逐渐收了烈烈光芒，在离海岸遥远的地方，隐去了刺眼的白光，红透了海天相接的地方。苏乔在海边的酒吧点了一杯 Mojito，一个人慢慢品尝，酸涩得难以下咽，却可以让她保持头脑空白。夏至后，她即将迎来 31 岁生日，巨蟹座，在这个潮湿炎热的季节出生的人，敏感，极端，暴躁，懦弱，总会陷于自卑，无法自拔。

因为懦弱，她总是告诉自己，蒋婷做的一切都是无奈的，蒋婷是有苦衷的。因为自卑，她总是对自己说，蒋婷是最好的。五年来，从青春最美好的时光与她相识，一路走来，总有磕绊，却一直原谅，和好，没有怨言。人们总是说，能用五年的时间，和一个人成为朋友没有分开，那便是一种宿命。

是的，五年来，苏乔一直帮蒋婷找借口，容忍朋友的利用。即使有那么多人告诉她，蒋婷一直都看不起她，为何还要帮她。即使蒋婷踩着她的臂膀上位，她依然相信，只要蒋婷好了，就是最好的。因为贿赂，她帮蒋婷背了黑锅，蒋婷对她说，总要有人做替罪羊。苏乔就是那只羊，没有怨言。她哭过，气过，但她依然在蒋婷身边。别人都为她不值，她说，因为我们是朋友。她变成所有人眼中的傻瓜，包括蒋婷，而她，依然认定，蒋婷是她的朋友。

她从来没想过，当自己没有了利用价值，便也就失去了讨好的意义。

蒋婷开始找各种借口和苏乔吵架，当着那些有着无限八卦心的花蝴蝶吵，说她不自量力。在开会的时候不会争取她的意见，却总和别人说苏乔没有任何好的想法。蒋婷把好的项目都给了别人，却和别人说，苏乔根本没有能力做这些项目。就连苏乔背的黑锅，一并都成为蒋婷和别人的谈资，说是想讨好她，就得像苏乔那样，能背得了锅。一切，都不在既定的线上，蒋婷以为，苏乔是宿命里被她掌握的人，无须珍贵。

当蒋婷和方子勋站在苏乔面前手牵手，告诉她，他们准备要结婚的时候，苏乔笑了，笑自己的愚蠢，笑自己的懦弱，笑自己卑微到了地面。她没有愤怒，没有歇斯底里。也许早已不爱，或者因为太爱。

极端这个词，从来没有人把它联想到苏乔的身上，苏乔却认为，这个词是诠释自己最全面的词。她既然接受了蒋婷和方子勋，便爱到骨子，不曾离弃。当她放弃了，便决然抽身而去。她接受了自己的男人和闺蜜出轨的事实，于是，苏乔和方子勋分手了。

这个消息很快传遍了整个朋友圈，曾经那些有的没的，在朋友圈几百年都不点赞的人跳出来安慰苏乔，告诉她蒋婷在背后说她多么无能的时候，她觉得自己可笑至极，所有人都知道她的卑微，只有自己毫不自知。朝夕相处了五年的朋友，变成了带着面具的陌生人，如今变成了抢自己男朋友的婊子。于是，那句经典的话很适合在此时用在苏乔身上：男朋友结婚了，新娘不是我。

在他们的圈子里，没有同情，只有流言。

苏乔提出离职，蒋婷毫不犹豫地在领导一栏中签了字。苏乔离开了工作五年的公司。进入公司是因为蒋婷的邀请，离开是因为蒋婷的背叛，解铃还须系铃人，不过如此。

苏乔把属于自己的东西收拾干净，小小的一个纸盒便装了五年来所有的回忆。那些杂志全部留在这张方寸大小的桌子上，像山一般摞着，挡住了蒋婷的身影，苏乔看不到蒋婷究竟在她离开这张桌子时是什么样的眼神。没有道别，没有挽留，所有人都像往常一般，低头忙碌，没人看到苏乔离开了，也许都看到了，离开便离开了，何须在意。

人情冷暖，何须挂怀。工作终归如此，在一起时我们是同事，离开了，便是陌生人。

方子勋送她的所有东西，她都一并留在那个公寓，包括那个有着闪亮钻石的 Cartier 戒指留在桌子上，指环里面刻着他们开始的日期。她没有留下只言片语。

凌晨 5 点，苏乔离开那个住了三年的公寓，离开了那个曾经与自己有着海誓山盟的男人。

在苏乔坐上飞机等待起飞的时候，她收到了蒋婷的微信："我们还是朋友。"

关机，闭眼，眼睛苦涩得没有一滴眼泪，如同面前的这杯鸡尾酒。那个男人，那个叫方子勋的男人，那个曾经与自己海誓山盟的男人，没有发过任何一条信息。就如同她从没有在他的世界里出现过。

一切，都如同梦境，原来做梦也会痛，痛得掉眼泪。

接连两天的逃离，似乎是太累了，房间厚重的窗帘遮挡着明媚的阳光。窗外树枝上，有鸟儿在浅吟低唱，就像是一首美丽的睡眠曲。淡淡地，缓缓地。只想在这有鸟儿唱歌的早晨，静静地，在年华流逝中，老去。

接近中午的时候，苏乔终于从年华老去的噩梦中苏醒，感觉一切都是那么不真实。分手之后，没有哭泣，没有留恋，一个人出行，充满期待，这些无厘头的事情，都不应该出现在一个 31 岁单身女人身上，却在这个即满 31 岁的单身女人身上体现得淋漓尽致。

慵懒地在屋子里游荡、洗漱、上厕所、冲凉、吹头发……

苏乔把箱子里的衣服翻了一遍，发现比基尼占了三分之一。这么多年，她去了很多国家，买了很多比基尼，一股脑全塞进来了。可谁又能想到，这个拥有无数比基尼的女人，竟然不会游泳。她挑了一套彩色针织的比基尼，套了成套的针织裙，趁中午阳光明媚，去泳池边坐着，双脚在水里来回晃着，像是个不暗世事的少女，无忧无虑。

这时候的泳池空空荡荡，似是都不愿意在这最热的时候出来，或是都去了别处。苏乔尝试下到泳池站一会儿，对于水的恐惧，好像与生俱来。在她们那个圈子，好像每个人都有满身的技能加身，游泳便是炫耀的一项，开始苏乔被别人拽去学习，可她一下水就无法呼吸，更不能自由活动，心里冒出来的恐惧让她寸步难行，便放弃了。

苏乔看到脚下飘着的一颗榛子一样的东西，就那样在水里晃着，她想伸手去把它捞上来，却怎么都够不到，那个榛子就像自己，孤单地在那里，飘摇不定，苏乔不知不觉地弯下腰，整个头沉下去，她感觉自己的呼吸困难，像要窒息一般，她呛了一口水，整个喉咙被温热的池水呛得刺痛，她感觉整个胸腔都压抑着，双脚一下子踩不到地面。她胡乱地拍着，无意间抓到了旁边的栏杆，脚也似乎着了地，一下子把头从水里冒出来，使劲地咳嗽，脑子里缺了氧，一片空白。她感觉自己一下子变得轻飘飘的，重新回到了水面，不知道自己究竟干了什么，看了一眼水里，那个榛子依然在那飘着，孤单地，毫无异样，这也许便是它最好的归宿。

苏乔笑了笑，周围空无一人，没人看到她狼狈的样子，苏乔离开了泳池。

她回房间换上干净的白色吊带裙，穿夹脚拖鞋，不施脂粉，没有人品头论足，一切都很自然。出门，找一间小店，点自己喜欢吃的冬阴功汤、米饭、青木瓜丝。

这些看起来流畅而顺其自然的行为，曾经让方子勋欢喜，他说："苏乔，你就是个让人捉摸不透的外星球生物，你的心怎么会那么年轻。"

苏乔总是说，年轻与年龄无关，心年轻便是年轻。

如今，这颗年轻的心是方子勋不喜欢的理由，他说："苏乔，这些都不是 31 岁的女人应该做的事。"

究竟 31 岁该做什么？结婚？生子？做个贤妻良母？

也许，自己骨子里就是一个不受束缚的人，方子勋提出结婚的时候，她拒绝了。她觉得31岁还太早，还有很多事情都没有做完，可以再等几年。她更自以为是地认为，方子勋和自己是一类人，不急于这一时，他们还有大把的青春年华可以浪费，为何要那么早早地结婚，生子，陷于两个家庭之间的油盐酱醋。

也许，这是方子勋离开她的最主要原因吧。

是啊，为什么自己就不能答应结婚呢？结婚之后难道就不可以年轻吗？就不可以浪费青春年华吗？

是啊，为什么方子勋没有坚持一下呢？她只是想要他再求一次婚，这很难吗？

可是，哪有那么多为什么，也许这只是个借口，用来遮掩蒋婷和方子勋的苟且，或者，在方子勋的未来，从来就没有她。

爱情，就是这么不堪一击，一时欢喜，一时厌烦。

女人，在爱上这个男人的时候，总是用感性的细胞不断地把他理想化。男人，在爱上这个女人的时候，却总是用理智的思维不断放大她的缺陷。如此，便也就没有后来。

泰国的路边餐厅，都是用木头搭建而成，有屋顶，没有门窗，铺着大理石地面。餐厅摆放着木头桌椅。苏乔在面朝街道的桌子前，孤单落坐。

许是已经过了饭点，店内空荡无人，服务员在吧台的地方安静地收拾着餐盘刀叉。整个餐厅都暴露在空气流转之间，可以看到街边的风景，路边有几支遮挡视线的绿树枝叶，纹丝不动。柏油马路上，人们骑着摩托车呼啸而过，偶尔穿插着皮卡，像是定了格的胶卷相片，让人无法自拔。

04
这里的人们早已看惯了笨拙

吃完这顿不知道午饭还是下午茶，苏乔一个人独自走在马路上。

阳光刺眼，马路上被蒸发的雾气，感觉快要迷住了眼。马路边，有很多的商贩，随处可见的 7-11，最多的是摩托租赁店。在小岛上，摩托租赁是一项必不可少的生意。

在酒店那条小路正对着的马路对面，有一家摩托车租赁店，这是苏乔看到的摩托车最全最新的店铺，整齐地排列着，煞是好看。

店铺临街而立，吧台里面有一个六七岁模样的小男孩，皮肤黝黑，眼睛分外明亮。高脚椅上，还有一个2岁模样的小男孩，应该是他的弟弟，很害羞，躲在哥哥的背后，偶尔偷偷地看一眼苏乔，嗤嗤地笑着。哥哥很开朗，和走过来的苏乔打着招呼，然后朝屋子里喊着，应该是在喊他妈妈。

过了一会儿，老板出来了，是一个有着混血模样的泰国女人，大的圆形耳环，黝黑的皮肤很健康，好看的眼睛，棱角分明的脸部特征，让人看了便会想到很多发生在她身上的故事。苏乔喜欢这样的女人，与生俱来的吸引力，会让别人深陷其中。

木头搭建的柱子，隔离屋内与屋外的空间。她光脚，走出高出柏油路的店铺木板地面，笑着用流利的英文问苏乔，有什么需求。

苏乔询问了摩托车的价格。老板拿出一个租赁价格板，告诉她，摩托车分两种规格，小马力的200泰铢一天，大马力的400泰铢一天，油钱单独计算。很便宜的租金，而对于岛上的居民，这就是生计的来源，生活简简单单，平平淡淡。

苏乔把护照拿给老板，选择200泰铢的小摩托，她挑了夹在两辆刺眼的玫红色摩托车中间的灰蓝色那辆，老板在一张单子上记录着车牌号、油量以及车辆租赁费用、时间。

苏乔交完租金，拿着租赁单，激动地跑去摩托车旁边。老板把护照收了起来，告诉她护照会在还车的时候给她。这些叮嘱，都似乎被苏乔抛在了脑后，她只是急着研究这辆新租来的摩托车该怎样窜出去，其他的都不那么重要。

老板很热心地教她如何点火，如何停车，如何锁车，如何把座椅掀开放帽子。她又嘱咐了一些安全事项，并拿出一个安全事项板给她看，有一句话看了不禁唏嘘，"This is not a toy"。

老板帮助苏乔启动了摩托车，便由着苏乔谨慎小心地骑上摩托车，准备穿过马路。老板在她身后对她说，"Be careful"。

记得第一次到泰国，苏乔去了沙美岛，那时候的沙美岛还没有被完全开发，人际寥寥。

那时候的苏乔从来没有骑过摩托，只因为好奇，曾经骑过一个同事的电动车，也不过就坚持了两分钟便放弃了。她在沙美岛靠海的旅馆附近，租了一辆摩托车,租赁店老板问她是否骑过摩托车,她回答得毫不心虚"经常骑"。于是,从来没骑过摩托车的她,在那个曾经寂寥的沙美岛上租到了一辆小型摩托车,开始了平生的第一次摩托车之旅。

苏乔的天分估计全部都用在了摩托车上,她从来不知道自己学习能力如此之强,只用了 5 分钟便学会了驾驶摩托车,10 分钟之后便能来去自如了,这让她得意忘形,当然结局是悲惨的。她骑着摩托车转遍了整个沙美岛,她从沙美岛那条山林间的坡路一直开到人群川息的长坡上,她在长坡上加快了速度,她开心得一直笑,迎面的风灌进她张开的嘴,穿过她的身体,整个腹腔都透着沙美岛上海风的气味。

拐弯的时候,她把油门当了刹车,车子一下子窜出去,不受控制,连人带摩托,整个翻进了路边防雨水的水沟,她整个人被压在摩托车下面不能动弹,她忘记了呼救,忘记了哭泣,竟然那样平静,毫无知觉。岛上路过的居民救了她。她回国的时候,感觉喘息都疼,方子勋带她去医院检查,医生告诉她肋骨裂纹,至少要休养一个月,于是,方子勋就成了她那个月的保姆加营养师。

这件事让整个沙美岛的摩托车租赁店都认识了她,还车的时候,天色黑得连人都看不清,租赁店的老板却一眼就看出来摩托车摔坏的地方,他用手电筒照着,告诉苏乔,别的租赁店老板告诉他,一个中国女人把摩托车开到路边的水沟里。最后苏乔赔了摩托租赁店 500 大洋,光荣地离开了沙美岛。后来再去沙美岛,却变了模样,海滩人群熙攘,娱乐项目应接不暇,怎么也找不到那家摩托车租赁店的位置。

虽然第一次骑摩托的经历如此深刻,但苏乔还是每次到泰国的海岛都会租赁摩托,骑着摩托车看遍每一处风景,这种恐惧的刺激感让她感觉自己还活着。这世间,除了疼痛能让麻木的人记得自己活着,便是恐惧。当然,她也不会马虎大意,生命总是珍贵的,刺激也无非是在生命之下发生的。

泰国的行驶方向和国内相反，苏乔小心而慌张地把摩托车骑到马路对面，马路对面便是通往酒店的小巷，没有什么车辆，她决定在这条小路上先熟悉一下。小巷里坐在店门前的老人，看她那笨拙的动作，毫无表情。这里，早已看惯了这种笨拙。

苏乔在小路上慢慢骑着，时快时慢，开到路的尽头，向左拐，就是有着长长墙壁的酒店小路，她决定先开回酒店，等晚一些，天气凉快了，再出来转转。

转弯的时候有些慌张，不小心又把油门当了刹车，一下子冲出去，苏乔迅速把车把强行转正，长长呼了一口气，紧张得心脏都快跳出来了。整个人被汗水打透，苏乔抬手擦了一下额头流下的汗，稍微放松了一些，反复嘟哝着，好险，好险。

喘息间，忽然，听到了机车的轰鸣声，苏乔正在为自己感觉庆幸的时候，她抬头，看到黑色的机车，就在她的前面，相向而行。

"天哪，这又是什么情况。NO，NO，NO，NO……"苏乔慌乱地竟然忘记闪躲，紧急刹车，她怕摩托车被她摔得惨烈，强力地用腿在地上支着，大声地喊着"啊——"，就那样，直直地和摩托车一同倒下了。

黑色的机车近在眼前，近在眼前，刹车了。机车上的男子把车停下，慌张地从车上下来。他急着过来帮摔倒的苏乔，忘记摘下安全帽，黑色的面罩遮住了他焦急的表情。他把苏乔的摩托扶起来停在一边，然后赶忙扶起倒在地上欲哭无泪的苏乔。

男子扶着苏乔站定，检查着她有哪些地方受伤了，他抬头看她的时候，露出惊讶的表情，惊讶的语气夺口而出："ใช่เธอ（是你？）"

苏乔被他惊讶的语气搞得莫名其妙。她现在可没心情和他扯那些没用的，她听不懂这个男生在说什么，有些烦躁，"路这么窄，你就不能开慢点？"

男子没反应，他用泰语叽哩哇啦地说着话，询问着她的状况。

苏乔根本听不懂，"你到底在说什么啊？YOU！！Too fast！OK？"（你，骑得太快了，好吗？）苏乔不耐烦地和他说。

苏乔拍了拍身上的土，检查了一下。虽然倒了，还好刹车了，只是腿和手有点擦破皮，倒无大碍。苏乔自己嘟哝着，"还好这次没把油门当刹车，要不然就死翘翘了。"

男生以为苏乔受伤了，在埋怨他，他不断地点头说"ได้รับบาดเจ็บที่ไหนหรือเปล่า（对不起，有伤到哪里吗）？"

苏乔真心听不懂这个人到底在说些什么，她摆着手，说，"算了算了，我听不懂你在说什么。"她抬头看他戴着黑色的机车帽子，帽子前面透明的面罩，无法看清真实的模样。"I am ok。Can you understand？"（我很好，你明白吗？）

男子并没有回复她，他看了一眼苏乔受伤的膝盖和手，他把苏乔扶到摩托车那里坐好，和她说了句："รอฉันแปปนะ（等我一下）。"转身骑上他的黑色机车，扬长而去。

"这，这人也太不懂礼貌了吧，怎么就这么走了？这还把我扶到摩托车坐下，还真是用心哈！"苏乔看着在拐外处消失的机车，朝那个背影，"哎，难道他听不懂英语？这地方的人沟通起来还真是困难。"苏乔摇摇头，自言自语，"这人还挺聪明，带个帽子，也看不清长啥样，我连找人算账都找不到。"她撇着嘴，重新拍了拍身上的土，自认倒霉吧。

检查了一下摩托车，还好刚才刹车了，车子慢，也没摔出什么划痕，要不然又要赔上一笔大洋了。"嗯，万幸，万幸。"苏乔满意地点着头。

这个小插曲并没有影响苏乔的心情，反而让她有那么一点点兴奋。按照方子勋的话就是，"苏乔，你心够大的。你到底有没有害怕的东西。"

这是苏乔从沙美岛回去的时候，方子勋知道她骑摩托车之后说的。

31岁的单身女青年，没有爱情，没有工作，失去了最好的朋友，究竟还有什么值得害怕呢？如今，在异国他乡的乡间小路，因为骑摩托车而凌乱不堪，苏乔没有哭，却暗自笑着，如果这时候还要哭，那会显得自己多么悲惨。

苏乔看了看膝盖的擦伤，回酒店要个创可贴就行。她把摩托车点着火，骑上，小心翼翼地朝着还有200米的酒店大门开去。

很快到了度假村，她把摩托车停好，伤口有一点疼，发出"嘶"的吸气声。整理一下衣服，背上包，把帽子放进摩托车的车厢里，然后一瘸一拐地朝着酒店大堂走去。

多么荒唐的摩托车经历，如果放在以前，她一定会把那个人大骂一顿，现在，她却觉得这些事情都很平常，失去了那么多之后，反而觉得很多事情都是生命里值得珍惜的回忆，即使是不开心的，也弥足珍贵。

夏至后，泰国的天气就像女人多变的情绪，刚才太阳还挂在天空，刺眼地照着，转眼间，小雨就稀稀拉拉地落了下来。苏乔把包顶在头上，连蹦带跳地上了台阶，走进前厅。

苏乔理了下淋湿的头发，看了下伤口，问了一下前厅的门童，酒店是否有创可贴，可门童却怎么也不明白她说的是什么意思，后来苏乔连说带比划指着膝盖的伤口问："创可贴？有吗？"就差使用那正宗的台湾腔了。

门童指着大门口的方向，告诉她，药店在酒店外面的马路上。苏乔被这鸡同鸭讲的气势彻底打败了，天哪，她当然知道药店在哪里，可她问的不是药店。这个岛上，真心的是没了沟通的语言了？

05
我带你看最美的海滩

苏乔站在前厅的台阶上，看着雨丝不断地飘着，阳光依然明媚地闪耀着。她朝外面张望着，准备等雨停了去药店买个创可贴去。

"天哪，要不要这么可怜？"苏乔用着极度滑稽的语气，嘲讽着。

目光落在度假村的门口，有一辆黑色机车开了进来。"又是这种车？泰国还真是到处可见，我要是在泰国住，我也得买辆。"苏乔跃跃欲试地说着。

苏乔一直盯着那辆黑色机车在门口停了一会儿，往里张望了一下，然后朝着摩托车停车位开过去，把黑色机车停好，就停在苏乔的那个蓝灰色的小摩托旁边，显得格外耀眼。

车主是个男的，穿了一件白色的休闲 T 恤和黑色短裤，露出健康的小麦色肌肤。轻松地后抬腿，从机车上下来。他摘下帽子，放在车座上，用手简单地整理一下有点微卷的短发，凌乱干净，远远地看不清模样，大致可以看出，是个阳光大男孩。

苏乔看着这一连串的动作，在猜想，这个男生可能是在这个小岛上游玩，来到这个酒店避雨或是入住。

是不是31岁的未婚女人总是喜欢去猜想陌生人的状态？好奇还是无聊？别人不清楚，苏乔是这样的女人，她喜欢看一个陌生人，给他们编一个故事，欢喜或者悲伤，这是她从小到大最喜欢的游戏，没人知道。可她从来没有给方子勋编过故事，他有着一种不真实感，一下子就出现在苏乔的生活里，没有思考的余地，只是在那个时候，两个单身的人，彼此需要，找到了对方。

刚刚好的时间，却不是刚刚好的人。

苏乔想象着这个男生的故事，在想他是哪里人？是不是有女朋友或是男朋友？这样的男子，是不是有好看的人陪伴？

在苏乔天马行空的空档，男生走到苏乔的面前停下。苏乔缓过神，以为是自己挡住了他的去路，不好意思地笑笑，往旁边让了一下。

男生并没有预想中的离开，他站在那里，看着苏乔，这么近的距离，可以很清楚地看到男生高挺的鼻梁，长长的睫毛，浓黑的眉毛，有些深陷的眼窝，嵌着明亮好看的眼。他脸上有着泰国人的轮廓，但又不像泰国人那般柔和，似是立体了许多。一七八左右，身材匀称。他在微笑，就连微笑都那么好看。

苏乔不知道自己究竟愣了多久，时间就在这一刻漏跳了一拍。雨水落在男子的头发上，闪着珠光，她想伸手去把那颗雨滴抓住。她就这样看着，忽略了男子眼中的笑意，忽略了自己像花痴一样的失态。

"Hi, เธอสบายดีไหม（你还好吗）？"男生用手在苏乔眼前晃了晃。

苏乔忽然怔了下，红了脸。天哪，竟然做了这么尴尬的事，难道自己是花痴吗？她记得以前，那些公司的花蝴蝶整天看着电脑、手机上的小鲜肉发花痴，还有人天南海北地追演唱会，毫不疲倦。她笑她们都是上辈子缺了男人，这辈子犯了花痴症。她可从来不认为自己也是个花痴啊！

苏乔赶紧咳了咳，清了一下嗓子，故作镇静地往旁边让了让，"sorry。"她只当是自己挡了路，万万不能让他看出自己花痴的样子。可这么宽的路，他不能走吗？

"หาเธอเกือบครึงวัน โรงแรมนี้ใกล้มาก จะมาถามหน่อย เห็น มอเตอร์ไซค์ของเธอแล้ว（我找了你半天，这个酒店很近，我就来了，没想到看到你的摩托车了）。"男子用泰语解释着。

苏乔就像听天书一样，云里雾里，飘飘然。不知道这个人到底在说啥，不会是因为自己多看了几眼就趁机要求点什么吧？可看他笑得腼腆的样子，又好像不是什么坏心的人。

"Excuse me, Can you speak English or Chinaese？"苏乔看着他笑得好看的脸，露出一脸懵懂的样子。

就知道是这样，完了，完了，无法交流啊。这里的人怎么都是语言障碍呢？昨天是，今天是，刚才是，现在又来一个。

男生忽然抬起右手拎着的袋子，递给苏乔，说："จะเอายามาให้แปะ（这个药给你）。"

苏乔被他突然的行为搞得有点不知所措，她看着他的脸，谨慎地接过袋子，打开袋子，发现里面是一盒创可贴，还有一瓶泰国的万能药膏。其实也不是万能，只是苏乔感觉这个药什么痛痒的都能用，便兀自起了这样一个名字。

苏乔忽然明白了，又有点不明白："这个给我？你怎么知道我要创可贴。天使吗？不对啊。"她自言自语。

苏乔又看了看这个男生，看了眼远处的黑色机车，她忽然明白了，这次是真的明白了，"哦，原来是你啊！"她用手指着这个好看的男生，说着中文。

对，她终于明白，这个男生就是把自己撞倒逃逸的人，她得好好教训教训他，学会什么叫礼貌，千万别小瞧了女人的小心眼。

"你，你……"她支吾了半天，也不知道该说点什么，抬头发现，男生依然好看地笑着，露出白色的牙齿。

他看她，指了指创可贴，又指了指她的腿，说："รีบๆปะนะ（你快点贴上吧）。"

他看苏乔在那语无伦次的，便从苏乔的手里把创可贴拿出来，撕开，蹲下，贴在了苏乔膝盖上擦破的位置。

"ได้รับบาดเจ็บที่ไหนอีกไหม（还有什么地方破了）？"他蹲在地上抬头仰望着苏乔，好看而羞涩的面孔，令人陶醉。

他站起身，把她的胳膊检查了一遍，看到手上的擦伤，便又揭开一个创可贴，把她的手拿起来放平，悬在半空中，贴上创可贴。

苏乔很乖，她木然地把手抬起来，任由他做什么。竟然一下子没了火气，这个男生的那双眼睛似是能穿透世间一切，看进灵魂，消了世间一切的怒意。

男生贴好创可贴，又看了下苏乔其他地方，没发现其他的擦伤处，然后点头，说："โทษทีนะเมื่อกี้ที่ฉันไม่ได้ตั้งใจ（对不起，刚才是我不小心）。"

"呃，啊，那个，谢谢你！"到底自己想说什么，苏乔没了主意，她用手挠了挠头发，又不好意思地说了句："Thank you！"

男生听懂了这句，很开心，他说："ไม่ต้องขอบคุณ（不用谢）。"

苏乔明白了刚才他不告而别的原因，是为她去买创可贴才离开的，可自己什么都不知道，只是独自埋怨了半天。误会总是让人错失了很多美好的时光。

　　无论是误会也好，还是偶遇也罢，语言障碍这个问题，对于常年中英文混杂的苏乔来说，无能为力。

　　她不知道，当语言失去了意义，究竟还能做些什么？

　　他们各自说着对不起，没关系，谢谢，再见……

　　在两个人都感觉有点尴尬的时候，雨停了，屋檐上的雨珠滴答滴答地缓缓落下。男生看了一眼放晴的天空，向苏乔挥挥手，说：" งั้นฉันไปก่อนแล้วนะ（那我先走了）。Bye。"他微笑着转身，准备离开。

　　苏乔慌张地挥手道别，看着他匆匆离开，回到机车旁边，戴上帽子，帅气地抬腿跨上那辆黑色机车，流畅的动作，像好看的动画片，每一帧都很完美。

　　苏乔并不知道，他们早已相遇，他认出了她，而她未认出他。

　　苏乔自己想象的故事，并不适用于这个男生。他有干净的笑容，有让人感觉亲切而美好的面孔。他的笑容有种魔力，吸引你陷入旋涡，苏乔就这样陷进了温柔的眸子。她就那样看着，然后不自觉地喊着："等一下。"苏乔蹦跳着朝男生的机车跑过去。

　　刚要发动车子，听到喊声，男生抬头，看到苏乔怪异地蹦跳着，朝自己跑过来。

　　他双脚支在地上，停下车，从车上重新下来，伸手扶了一下快要摔过来的苏乔，依然腼腆地笑着，像是要开口，又停住了，满脸的表情都像是在问：什么事？

　　对，表情可以看懂，苏乔知道他在疑惑，她先是想起来泰语的谢谢，说了声"考坤卡！（泰语'谢谢'音译）"

　　恩，至少男生听懂了。他笑了笑，摆了摆手，说："ไม่เป็นไรฮ้า（没关系）"。

　　他一定是在等待着这个像神经病一样的女人到底接下来要做什么，

这是苏乔给他设计的内心独白。

苏乔想了想，比划着，先是指了指自己的腿说"我的腿受伤了"，然后又指指自己的摩托，摆了摆手，说："我不能骑摩托了。"又指了指男生的摩托，比划着转圈，说："你可以带我出去转转吗？"样子像极了可笑的小丑表演。

对啊，她其实只是对那辆黑色机车垂涎已久，就是想借机让他带自己出去转转，没有其他想法。他害苏乔摔倒，理应带她出去兜兜风。这些，都是苏乔对自己的催眠，她承认自己刚才犯了花痴的病，可她绝对不是采花大盗。

苏乔没等车主答应，便从自己的摩托车里拿出帽子戴上，然后费劲巴拉地爬上了那辆车，车主被这突如其来的情况先是吓懵了一下，但很快便平复了。他并没有阻止，依然笑得好看。

苏乔爬上车不知道把手放在哪，她总以为电视剧都是骗人的，哪有那么腻歪的浪漫。但是，她的手确实被这个可以当男主角的人，拿起来，放在他的腰上。他说："แบบนี้ปลอดภัยกว่า（这样会安全一些）。"

风吹飞了她的头发，也吹乱了她的心。

午后的阳光，下雨之后变得更加肆无忌惮，让人的眼睛看不清路上任何风景，就像是在迷雾中飘过，模糊不清。

路边郁郁葱葱的树木，木头棚子，停靠在路边的车辆，稀稀落落的，就在身边的风里闪着，像电影胶片里的快进镜头。

坐在机车后面的苏乔，从见到这个男生开始，便失了魂魄。她不知道自己是怎么坐上这辆车的后座，不知道自己是如何扶上他的腰，她更不知道，自己究竟为何，失了态，中了魔。

她不是一个擅于和陌生人打交道的人，她从来不是一个自信的人，她在陌生人面前总是沉默寡言，总有人觉得她的傲娇渗进骨子里。其实，她只是觉得，既然是陌生人，那就不存在语言，要不然，怎么能称为陌生人？可今天发生的一切，都是那么顺其自然。她回忆自己手舞足蹈的肢体语言，没有任何犹豫地，她请求了这个陌生的男子，允许她可以坐上这辆害自己跌倒，却无比渴望的黑色机车。

黑色机车像天空划过的闪电，载着苏乔在马路上疾驰。

风吹过身边，可以闻到彼此身上的汗渍味道，还有雨滴留下的潮湿气味，夹杂在这个热气腾腾的夏至午后，在空气中蒸发。

苏乔闭上眼，感受着身边所有消逝的风景，感受着这个机车上的男子，有种与众不同的亲近，他笑起来露出的白色牙齿，那么耀眼。

这些，都很美好。

这些，都没有方子勋，也没有蒋婷。

只有她。

他们在路上开了很久，经过了无数低矮的商铺，在一家 7-11 旁边停下来。这里，随处可见这种超市，和周边所有的建筑物都格格不入，却恰到好处。

"ถึงแล้วฉันจะพาเธอไปดู หาดที่สวยที่สุดของที่นี่（到了，我带你去看这里最好看的海滩）。"

苏乔恍惚地看着这个男生已经摘掉帽子的脸，近在咫尺，笑着，露出好看的牙齿。她不知道他在说什么，就是那样，伸出手，邀请她下车。

这里无关乎感情，他们只是有着一面之缘的人，他们没有感情维系，却在这个时候，刚好遇到。

刚刚好的时间，遇到刚刚好的人。

06
灵魂的引渡者

苏乔摘下帽子，递给他。

男生把帽子都挂在摩托车把上，然后锁上车，伸手牵过她的手往前走。他的手有些冰凉，在这个炎热的天气里，让人舒服。

苏乔回头看看挂在车上的帽子，心里在想，没有人会偷吗？

这些怪异的想法，总是破坏美好的心情。她的心思也随着那些无关重要的事飘着。

到哪？干什么？自己想去哪？都不知道。她只是一时冲动，想坐一坐这辆酷毙的机车兜兜风，当然，她也被这个一直笑着的男生吸引着，像是着了魔。

脑子就像中了毒，一片空白。

苏乔就这样被这个陌生的男子，牵着手，带到一片很大的海滩上，一眼望不到边际，比她住的孔抛海滩好看许多，沙子也细软很多。她的印象中，这应该就是象岛质量最好也是最热闹的沙滩，叫白沙滩。

沙滩上有很多吃饭的档口，整齐地排好了桌子，占满了海滩上的空地，像是中国街边的大排档，三两地坐着人，看着海岸。

男生已经放开她的手，站在她的面前，面对着她，笑着。用手指着这片海，说："ที่นี่ก็เป็นเกาะช้างคนส่วนมากจะมาที่นี่（这里就是象岛最好看的沙滩，很多人都来这里）。"然后倒着身子走路。眼睛看着苏乔，笑着。

这里很美，海水轻轻地漾着，海面被阳光照得反光，太阳西斜，准备着傍晚的到来。比孔抛海滩温润了很多，就像是温润的南方姑娘和粗犷的北方姑娘的区别，可这种温润，总是缺了点粗犷的美，少了点个性。

"你说了我也听不懂，我说的你也听不懂。算了，无论说什么，这里都很美。"苏乔伸出大拇指，笑着。

男生点点头，伸出大拇指回应着，笑着。好像，他没有一点烦恼，好像，他只有笑的表情。

他在苏乔的前面，倒退着走路，像是灵魂的引渡者。苏乔的耳朵里飘着引渡者的声音"苏乔，苏乔，快来，快来"。

男生转过身，往海水里走了走。苏乔脱下鞋子，拎在手里，随着他一起往海水里走，她用脚挑起海水，两只脚分别扑腾着，然后挑起沙子，然后……她把沙子挑出很远，沙子和水一起，就被她甩出去，甩在男生的身上。

"oh，sorry啊。"苏乔双手合实，表情微拢，稍微点着头。

男生笑着摆手，嘴里说着"ไม่เป็นไรอ้（没关系）"。

然后，苏乔看到他笑着弯腰，然后，就被他一抬手捧起的海水浇了一身。

"啊，你……报复啊。"苏乔用脚使劲挑起水花，水花落在男生身上。

男生并没有放弃捧水的动作，他们就在沙子和水花中反复地上演"报复"的剧情，笑声，呼叫声，在海水中飘散，没有语言，没有交流。就像美妙的曲子和画面结合，在沙滩上流放，缓缓而至。

"OK，OK。不玩了，不玩了。"苏乔一手叉着腰，另一只手摆动着，意思是停止扑水的动作。

她笑得快要岔了气，头发被水溅湿，有水滴挂在发梢，滴下来。裙子已经湿透，怕是走了光。可这些苏乔都不在意，她不是一个介意表象的人。这里没有自卑，没有怯懦。这里没有人知道她究竟来自哪里，有哪些故事。这里只有她和这个有着好看笑容的陌生男子，相视而笑。

男生的身上全是泥沙白色的斑迹，湿透的衣服滴着水，他灿烂的笑容，让整片海水失色。他说："OK，OK。"

他从海水里走过来，走到苏乔面前，用手帮她清理了一下头发上的水。然后用手拧了一下自己身上的 T 恤，T 恤哗地一下子落下一串水帘，这个动作，惹笑了苏乔，哈哈地笑出声音，笑得前仰后合。

男生不好意思地用手挠了挠头发，顺手把头发的水也甩了一下，甩到苏乔的脸上，然后跑开，离开苏乔一段距离，苏乔嬉笑着喊："喂，你站住，快站住。"

男生笑着看她一眼，没有停下，他在前面跑着，偶尔转身，保持着让她追不上的距离。

他看这个女子白色的连衣裙在海水上翻飞，她一次次奔向大海，又一次次向岸边逃遁。她陶醉在这片海水间的游戏里，他们追逐着，跑得都累了，停下，喘了一口气。他看到苏乔身后涌上的海浪，紧紧地追在身后，打湿她的裙摆，她发出快乐的尖叫声。

他们慢慢走到一起，男生在前面走着，苏乔在后面跟着。

苏乔听到那个引渡者说"苏乔，苏乔，快来，快来"。

他在等待，此生只为此一次，引渡。

他们就这样沉默着，在海滩上走着，沿路看海滩上的餐厅、酒吧，都在陆续摆放着桌椅，准备迎接即将到来的晚餐时段。

"Hi！"苏乔喊着走在前面的男生，不知道该怎么说，中文也听不懂，英文也听不懂。

男生转过身，看着苏乔，等着她说些什么。苏乔又发挥了她手舞足蹈的语言能力，这让她想起之前看过的一个节目，讨论过在国外如果英语不好，该怎么沟通，手势配合英语单词是最好的办法。她现在不光是英语不好的问题，是没有语言配合。只能靠肢体语言了。这种天分估计是她继骑摩托车之后最高的天分表现了。

她指着肚子，又指了指餐厅，用手划拉着吃饭的动作，说："饿了，一会儿我们找个地方吃点东西吧？"

男生看了看，明白她是在说吃饭的意思，他想了一下，点了点头，然后摆了下手说："มากับฉัน（跟我来）。"

苏乔跟在他身后，不知道他是要去哪家餐厅。

阳光逐渐开始黯淡，海水开始翻滚着朝岸边扑来，打在他们的小腿上，然后退散回去，再回来。海风徐徐地吹着，吹在湿了的衣服上，有些潮湿。

苏乔感受着脚下的沙子，看着西斜的太阳逐渐变得模糊的轮廓，一点点淹没在海的边际，留下红色的余光。云彩开始遮蔽着天空的浅蓝色，逐渐变成斑驳的墨蓝色云海，透出暗红色的光，远远地，像是暗夜的森林，透着猩红的光，好看得诡异。

整个海滩，华灯初上，把海边照得明亮，海上逐渐暗成一片。岸边与大海似是隔了一道透明的墙，变成了人类与另一个世界的碑碣，无法穿越。而他，也许便是那日光落下前逃出的引渡者，在天黑前忘记了返回。

夜已降临，那片暗夜森林变成了一帘泼了墨的幕布，遮掩了诡异的光。一团月亮的光影，悄然地移动过来，月亮毫无温度的冷色白光一点一点越过云层，整轮浑圆的月亮终于替代了白日，那样落寞地悬着，洒下银色的光辉。

整个沙滩一下子变得热闹非凡，海滩边的餐厅酒肆熙熙攘攘，坐满了食客。苏乔跟在男生后面，经过一个门口挂满了红色灯笼的餐厅，在这海浪涛声的衬托下，像是到了聊斋的院落，门口竟是那勾魂的红灯笼飘摇着。

苏乔胡思乱想着，不禁打着颤，紧跟了几步，一下子撞到走在前面的男生身上。男生回头轻扶了一下，笑了笑，不知道苏乔是被自己想的鬼故事吓到了，只见苏乔开始嗤嗤地笑，他也跟着笑，转过身继续向前走。

"可惜了，你要是懂中文，我得好好给你讲讲中国博大精深的聊斋志异。"苏乔自言自语着。

一直走了很远，偏离了那些灯光灼灼的餐厅。离岸有一段距离，比海滩高出的平台上，立着小亭子，亭子下面摆着些躺椅，想必是这里的酒店设置的沙滩休息区。

男生说："*เรามารอตรงนี้แป๊บ เพื่อนฉันเป็นกุ๊กอยู่ที่นี่เดวเขาจะมารับ*（我们在这里等一下，我的朋友在这里做厨师，他来接我们）。"

苏乔理解的是需要在这里等一下。她也便没有多说什么，想必是在等什么人。这种没有语言交流的空白倒也乐得自在，默默地跟随着便是。

她所到之处，便有他在等。

他们在亭子的台阶上并排坐下。男生指了指夜空中散着光亮的月亮和星星。苏乔抬头看，月亮的光很柔和，星星就在那明灭着，很久没有看到如此宽阔而美丽的夜空，星星的光亮竟那般耀眼。她在想，究竟是谁发明了"星星就像眨眼睛"的话，现在看来如此贴切。

海面上已经黑透了，只能借助岸边餐厅的灯光，看到海滩的边缘。潮汐在月光的牵引下，起起落落，汹涌着扑上岸边，再退去，如此反反复复，留出冲刷过后起伏不定的沙滩。漆黑的海面上，偶尔有闪烁的灯光移动，是远处夜航的船只，在那海天相接处。

他们坐在台阶上，静静地看着夜色中的美。

忽然一下，这个世界落寞了，黑漆漆的，什么都看不到。苏乔被这突如其来的黑暗，吓得"啊"的一声，一下子蹿起来，台阶上没站稳，脚踩空了台阶，直直地就往下栽。她想着，完了，完了，希望跌到沙滩上不会太疼。却没有预期中的落地，只是感觉身子悬在半空。

苏乔使劲睁睁眼，适应一下突如其来的黑暗，看到黑暗中，身边的身影不知道何时已经站起来，身子挡着苏乔，手拦腰扶着她。

"ระวัง（小心）。"男生的声音从头顶飘过来。

苏乔重新找回重心，说："Thank you。"她能感觉他的脸就在眼前，她能感觉到他呼吸的气息掠过。

苏乔看了看旁边的"红灯区"和远处的餐厅，都灭了灯，整个沙滩上都黑成一片。估计是断了电。男生拿出手机，开了灯光，照亮眼前的地面说："เหมือนว่าไฟดับ（好像是停电了）。"

苏乔还倚在他身上，她慌张地站直，离开那个有些冰凉的怀抱，尴尬地说："怎么忽然停电了？"。还好光线暗，看不出她的不自然，还有那不知不觉间起了红晕的脸。

男生扶她站好后，松了手。

沉默的空气，还有空气里飘荡的暧昧气味，让人动了心。也许，缘分早早地在一个地方等待着你，只是你不知道何时才会踏进那早已安排好的法阵。

冥冥之中，自有安排。

07
黑暗中总会生出恐惧

黑暗里有人走过来，踏着海滩，发出"沙沙"的声音，有微弱的手机灯光照在地上，走到他们身边。

苏乔看不清这人的模样，只是听到这个人和身边的男生说着泰语，却怎么都不知道究竟在说些什么。

人在黑暗里，总会生出恐惧，无论处于什么状态中。

苏乔忽然失去了胆量，感觉有点害怕，会不会被人拐了去卖啊？虽然自己不是倾国倾城，但也还算能看。自己究竟是不是白活了 31 年，这个男生叫什么？年龄多大？做什么？一切的一切都是零，连语言沟通都是障碍，自己怎么就放心坐上他的车呢？真是白活了，白活了，到了这个时候，竟然才想起"害怕"这个词。

两个人说完了话，男生转过身抓过她的手，说："เวลาจับมือรู้สึกดำเหมือนกัน（有点黑，我牵着你）。"

他打开手机灯光在前面照路，他对苏乔说："เพื่อนฉันฝึกทำกุ๊กอยู่ที่นี่อาหารอร่อยมาก（餐厅座位满了，朋友给我们找个位置）。"

苏乔早都不在乎他说什么了，她只是在想，自己如果真的被拐卖了，该怎么逃出来。以前听过别人说起过那些传销的人，被关起来，都是想办法找地方打电话。手机，对，手机得保护好。可万一被拿走怎么办？她就那样胡思乱想地被他牵着手，就那样跟着走了，估计现在想反抗也是晚了。

经过一片荷花池上的小桥，走过宽敞的一个小广场，然后进了像是酒店的后门，穿过长廊，有忽闪忽灭的光穿梭着，什么都看不清，像极了传说中黑市上的买卖。苏乔不禁手上加重了力气，不知是太热还是紧张，手心冒着汗，浸湿了男生的手掌，男生也加重了力气回握了她，只是想让她安心。但此时对苏乔来说，全变了味道，就像是怕她逃跑了一样。

逐渐可以听见叮叮当当的响声，有门忽闪着，吱嘎声穿透走廊。有人好像不小心碰掉了什么东西，"咣当"一声，好像是铁器落了地，是木头和铁器碰撞的闷响声。吓得苏乔一哆嗦，凑近男生，这是她现在唯一还能信任的人，一向认为自己还算胆大的苏乔，此时却也没了主意。

男生在那扇吱嘎的门前转了个弯，来到门旁边的一个过道上，偶尔有人经过，像是端着东西。苏乔不小心磕碰到一个桌角，男生用手机照亮，才看见是一张桌子，旁边有椅子，男生松了手，把苏乔安排坐下，然后坐到对面。

世界一下子安静了，没有任何声音，在这黑得不见五指的空间里，比划不再是解决语言不通的桥梁了。苏乔不知道还有什么办法可以让他听明白自己说什么。她不安地坐着，就像等着某种裁决，如坐针毡。男生也没有说话，可能也知道说什么都不会听懂，便保持沉默吧。

过了一会儿，有人给他们点了一根蜡烛，放在桌子上。她看见微弱的烛火下，他笑着看向自己，纯净而祥和，那样平静而长久，不曾改变。这个笑容，可以催眠人的所有感官直觉，不再恐惧，不再无措。苏乔回以微笑，眼睛逐渐适应烛光，扑闪着，可以看清对面这个男生的脸。

过了一刻钟的时间，感觉"哗"地一下，整个世界都亮了。

"呼"苏乔深深地呼了口气，像是获救的感叹。眼睛闭了闭，重新适应一下恢复的灯光。

苏乔环视四周，发现自己坐在一个走廊之中，木质的地板，孤零零地摆着他们这一张桌子。环顾一周，可以看出是一个酒店的餐厅厨房，他们坐的位置，是厨房旁边传菜的过道，现在可以解释刚才听到的铁器落地的声音来源，应该是传菜员在黑暗中掉了手里的菜盘子。而苏乔脑洞大开地以为，是手术刀落了地，血溅满身，吓得自己心都快跳出来了。

缓过神，苏乔想，这就是他选的餐厅？坐在这里，是不是有些怪异？

过道上的光线并不算光亮，那支蜡烛还在微弱地闪着光，有人走过，会看到烛火被风带起，挣扎着。她抬头看他，麦色肌肤下，映衬着纯净好看的眼睛，闪着无以复加的光，看不到杂质，可以让人信任。

他依然对苏乔笑着，点着头，嘴里说着话："เพื่อนฉันฝึกทำกุ๊กอยู่ที่นี่อาหารอร่อยมาก（我朋友在这里厨房学习，这里的菜很好吃）。"

苏乔听不明白，只当他是在说安慰的话，她只好点点头，笑着。

过了一会儿，一个年龄小一点的男生，微笑着，端着菜过来，放下，然后又陆续端了几个菜，都是苏乔没见过的菜。她以为泰国只有咖喱蟹、青木瓜丝、冬阴功汤吧。

这些菜样并不如西餐的摆盘讲究细致，也没有中国菜的颜值高调，只是保持着很原始的菜的样子。苏乔认不出菜的名称，在中国很多是没有的，看不出究竟味道如何。

"这……都是些什么菜呢？"苏乔自然是自言自语。

一个铁盘上是一条很大的鱼，好像烤过，鱼皮有些烧烤的痕迹，整条鱼躺在铁盘上，任人宰割。

苏乔看不出这是什么鱼，旁边配有一整盘生的菜，只能认出切成条的胡萝卜和几片圆白菜，圆白菜的样子和中国略有不同，要白许多，少了绿色，其他那些生的菜都是未曾见过的。盘子中间有酱料，看起来像是东北的农家大丰收，只是这些菜看起来更像是路边的草，不知道能不能吃。旁边还有一碗粉丝。苏乔看了看，皱了皱眉头。

该不会是像牛一样吃这些草吧？

男生似是看出了苏乔的犹豫，笑着拿起叉子，把烤得薄薄嫩黄的鱼皮用叉子整个翻开，露出鲜嫩白质的鱼肉。然后拿起一片圆白菜，放在手里，又拿起一根细杆绿叶的菜，沾了酱料，放在圆白菜上，放了一点粉丝一样的食物，最后夹了那白色肉质很厚的鱼肉。放好这些，他用勺子放了少许另外一种有着青色辣椒末的酱料，然后包起掌心的圆白菜，像是吃韩国烤肉的程序。

完成后，他把包好的菜递过去给苏乔，笑着和她说："ลองชิมดู（你试下）。"

苏乔接过包得仔细的圆白菜，略微有汤汁流出来。她迟疑了一下，然后整个放进嘴里，像是吃韩国烤肉一般，嘴张得很大，一下子把整个圆白菜吃掉，毫无淑女形象可言。

她每次吃烤肉的时候，都是如此，总能引起旁边桌子的关注，方子勋会说："你看看你这种女汉子的吃相，都引起围观了。"方子勋不会笑，也不会哭，他整个表情世界里，基本是空白的。苏乔的印象里，方子勋对一切都看似漠然。可他的每一句话，都好像在苏乔的脑子里深种，印象深刻。

鱼肉很新鲜，酱料有柠檬的酸味混合着青辣椒的味道，这些味道渗透到鱼肉里，让鱼肉多了一种新鲜而刺激的味道，那种细秆绿叶菜有微微的紫苏味道，夹杂其中。粉丝有种糯糯的口感，包容着所有材料的味道，吃起来，味道刚刚好，不咸不腻。

这个尝试让苏乔出乎意料。好吃，一种从未想到过的味道。她开始笑着，自己拿圆白菜，按照刚才看的流程，做了一个，完全忘记了刚才的"牛吃草"的想法。

刚要急着填到嘴里，又看到对面直直看着自己的男生，不好意思地把包好的菜递给他。岂不知，男生被这个有着漂亮外表的女生的吃相惊到了，这种真实的女生才是最美的。

男生笑着摆手，示意苏乔自己吃，他用叉子单独吃鱼肉，会偶尔蘸一些酱料搭配着吃。

"嗯，好吃，没想到这个菜这样吃。这叫什么鱼？算了，反正你也听不懂，好吃就行了。"苏乔继续忙碌着包菜，忙碌着塞进嘴里，快速吃掉，嘴里满满的，说话有些呜哝呜哝，听着好笑的说话声，惹得男生笑个不停。

过了一会儿，那个端菜的男生又端上了一个火锅模样的菜，闻起来是冬阴功汤的味道。看到苏乔吃得高兴的样子，然后用中文说："烤鱼，很好吃。"

哎呦，会中文哦。

苏乔抹了抹嘴，顾不得自己的吃相，说："好吃。这是什么鱼啊？"

小男生稍微考虑了一下，好像在组织语言或者是在想用中文该怎么说，"罗非鱼。"

"啊！罗非？烤罗非鱼？晕，为什么这条鱼这么大，比我以前吃过的至少大3倍，味道也完全不同。"苏乔想着在国内吃的昂贵而瘦小的烤罗非鱼，完全无法将眼前这个联想到一起。

"新鲜的，味道就会很好。海里还有更大的。"

苏乔点着头表示了解了，然后又问："你是厨师吗？"

"学习。在这里。"他的中文并不是那么流畅，可以说简单的句子。他又介绍了新端上来的是冬阴功火锅。然后他说："前厅满了，所以安排在这里。对不起。"他歉意地双手合实，微微欠身，泰国人一贯的谦虚礼貌。

苏乔赶忙摆手，消化着嘴里的食物说："不不不，很好，very good。"她伸出大拇指，食物有点呛到，让她咳嗽起来。

对面的机车男生很紧张地拿餐巾纸递给她，说："ช้าหน่อย（慢点）。"转头又和这个厨师说："เดวเราเจอกันที่หน้าโรงแรมนะ（一会儿我们就在对面酒吧见吧）。"

这个厨师笑着，说："慢点吃，我先去忙，一会儿见。"然后他去忙碌。

苏乔被冬阴功火锅辣得满头大汗，不时地发出"嘘嘘"的声音，偶尔伸出舌头，用手扇风，可以降低火辣的感觉。她不断地喝杯子里的冰水，男生不断地给她填满杯子。看她吃得高兴的样子，感觉很可爱。

苏乔让男生吃火锅，他表示很辣。于是她便不好意思地承包了这一锅。要知道，苏乔喜欢泰国还有一个最大的原因，就是这里所有的食物，都让苏乔乐不思蜀，就好像天生属于她胃里的味道。

男生吃得很少，整条鱼基本被苏乔吃光了，还有几道菜，虽然也好吃，但没有鱼的味道鲜美，也就忽略了。冬阴功火锅虽然辣得满头汗，苏乔也基本消灭光了，心满意足地倚在椅子上，小歇。

男生看着苏乔心满意足的样子，心底里都犯着高兴。

过道的灯光微暗，在这光线照射下的男生，脸上透着幸福。在苏乔眼里，这个男生腼腆而纯真，没有虚伪做作。和她曾经见过的男人都不同，也许是因为国度不同。或者，是年龄。

08
承诺轻易换了人许

稍坐了一会儿，男生起身，在前面指引着。苏乔跟随着他从过道穿过去，来到前面餐厅。

餐厅在酒店正门临街而建，搭建得很精致，屋顶有吊着的圆形灯，散着黄色的光，明亮却不刺眼，让整个餐厅的气氛显得浓淡相宜。没有门窗，桌椅都是木头的，餐厅坐满了人。

餐厅后面便是酒店，他们刚才从海滩穿过酒店后门来到这里的餐厅厨房，吃了一顿特殊照顾的餐食。

餐厅门口有台阶可以走到马路上。整条街上都已经恢复了电力，灯火通明。

男生很无意地牵着苏乔准备过马路，就是那样自然地，苏乔被牵着，很安宁的感觉，没有排斥，只是正好，时光正好，感觉正好。

男生看马路上过往的车辆，左右观望，在没有车辆通过的时候，他牵着苏乔，小心穿过马路。很认真的表情做着很认真的事，一切都是如此自然平淡，令人眷恋。

他们走进马路对面的酒吧，酒吧也是临街而建，结构都大致相同，木头搭建起来，没有门窗。很休闲的一个小酒吧，里面放着音乐。走上台阶，站在酒吧里，看到吧台后面的酒架上很多酒摆得密集好看。

时间尚早，三三两两的人在那里聊天小酌，没有人关注苏乔他们。

他们在靠马路的位置坐下，点了两瓶当地的"chang"牌啤酒，这是泰国有名的啤酒，质地醇厚，香气浓郁，比国内的啤酒浓度要高。一人一个杯子，慢慢地喝。

他们听着音乐，没有说话。看马路上很少的车辆，一些当地人和游客，路过，消失。

过了差不多一瓶酒的时间，刚才酒店里的小厨师也来到这里，打着招呼，然后坐在他们旁边。

多加了个杯子，加了几瓶啤酒，举杯，干杯。他们都小瞧了苏乔，这个酒腻子，一口干了杯里的酒，然后又倒满，反反复复。

酒真是一个好东西，可以让你忽略自己的孤独和无措，显得那样自然。

"我叫苏乔，可以叫我 SU。"苏乔介绍着自己。

小厨师可以听懂她的话，帮助翻译着她的名字。

"苏乔，苏乔。"那个机车男生学着苏乔，艰涩地念着这个舒服好听的名字。

"对，苏乔！苏乔！"苏乔认真地教了他念了几次。然后问："你们叫什么？"

小厨师帮机车男生翻译了他们之间的对话，然后说："我叫盖，他叫纳姆。"

"纳姆——盖，你们的名字都挺奇怪的。"苏乔笑着说。

"对，泰国人的名字其实都很长，这只是我们简单的名字。"盖说完，转头和纳姆又翻译了一下。

纳姆在听完盖的翻译后，说："ชื่อจริงฉันยาวมากเรียบสั้นๆว่าPaulนะ（其实我的全部名字很长，可以叫我 Paul）。"

苏乔听着盖的翻译，然后对纳姆说，"Paul？"

纳姆笑着重复，"Paul。"

"你们年龄有多大呢？看着都好年轻的样子。"

盖说："我今年 21，他比我大一些。"然后用泰语又和 Paul 说话。

"อายุ23ปี（23 岁）。"Paul 一边说，一边用手比划着数字，可以让苏乔听明白。

苏乔咂舌，多么美好的年纪，自己 23 岁，还在大学校园里懵懂着，她用手指算着他们的年龄差距，好像一只手不够用。

她比 Paul 大 8 岁，比盖大 10 岁，这让她感觉很可怕，打了颤，她说，"年轻真好。"

Paul 听盖翻译，说："อายุเธอก็น้อยมากสวยมากด้วย（你也很年轻，很漂亮）。"

苏乔笑着摇摇头，并没有说自己的年龄，好像这是她难以启齿的羞耻。

年龄，终究让她绊住了，31 岁的大龄剩女，年龄是她们最大的悲哀，除了年龄，她们不剩什么，所以就被称为"剩斗士"了。

年龄，让方子勋失了方寸，让苏乔乱了神志。苏乔从来没想到，自己已经变成曾经自己最害怕的剩女年龄。刚毕业工作的时候，她有一个同事，28 岁，一直没结婚。苏乔还说，你看着很年轻，一点都不像 28 岁，如果我 28 岁能和你一样年轻就好了，28 岁我一定要把自己嫁掉。如今，她比那 28 岁还多了 3 岁，依然没有结婚。苏乔开始明白，28 岁的同事并不是不能结婚，只是不想。

岁月的刻痕早已刻进骨子，让你无法逃避。

岁月多么无情，可以让你活得如此卑微可怜。

苏乔看着面前这两个年轻的男孩，说："你们在这里会一直待下去吗？会在这里结婚生活吗？"

"也许吧，如果找到喜欢的女孩子。"盖很腼腆地回答。

"还没有女朋友吗？不是说泰国的女人要比男人多吗？"

"可能我们都不够好。所以想赚钱，可以找女朋友。"盖指着 Paul 说，"他以前有个女朋友，是一起长大的，但后来跟着一个有钱的外国人走了。"

"哦。"她看 Paul 好看的脸，微笑着，像是夜里兀自燃烧的火莲花，纯净而热烈。

"Paul 就这么让她走了吗？"

"对，那个女孩家里很穷，Paul 也没有办法帮助，泰国很多女孩都是这样，如果遇到有钱的外国人，家里人都会希望她们跟着。这样家里会好过一些。"盖说这些话，显得很无奈。"很多男孩子，如果有条件的，也可以去变人妖，如果幸运的话，可以出名，这样家里就富裕很多。"

贫穷，会让很多人变了心智，只是为了活着。苏乔不知道该如何去评价这种现象，其实在哪里都是如此，只是方式不同。

他们又恍恍惚惚地聊了些事情，盖说，他和纳姆两个人都是来这个岛上打工的，岛上现在陆续有很多度假村、酒店，工作的机会很多，只是赚的不多。纳姆的家乡离清迈不远，他来这个岛上是家里的亲戚在岛上经营酒店，他过来帮忙，也是想赚点钱，想帮帮那个女朋友，存留着一点希望。纳姆和盖是在酒店工作时认识的，后来盖换了现在这家酒店，在厨房里工作，开始学习厨师。他想以后攒够了钱，自己开个小饭馆。

盖转头和纳姆聊天，用泰文，又转过来问苏乔，"纳姆说你住的度假村离他工作的度假村不远。你们是在那里认识的吗？"显然 Paul 并没有很详细地说他们遇见的事情。

Paul 不时地看向苏乔，怕冷落了她。苏乔看着他们聊天，看 Paul 和盖聊到开心的时候会笑，有时候会腼腆，方子勋从来不会这样笑。

苏乔的神志有些恍惚，听着他们时高时低的说话声，不知道是酒精的作用，还是因为这种不真实感，让她开始脑子迟钝，眼睛模糊。她感觉自己像是回到了北京的那间公寓，看着那张熟悉的脸，渐行渐远。看到蒋婷出现，和方子勋手牵手，站在她面前告诉她，我们要结婚了。苏乔没有哭，没有悲伤，就是那样接受了。一切都来得毫无预兆，就如同方子勋出现在她的生活里一样，只是在该出现的时候出现，该消失的时候消失。

"可是，方子勋，你怎么就能把承诺轻易换了人许？你说过，承诺不是那么轻易地许下，也不会轻易地改变。可为什么，又许了她人？"她喃喃自语。

没有人听到苏乔的喃喃自语，但 Paul 看见了她眼睛里的悲伤。

酒吧的座位陆续坐满了人，酒客谈话的声音占满了周围的空间，偶尔有人投来怪异的目光，不知道是不是觉得这个女孩喝醉的样子，着实不雅观。

他们不知道又要了几次酒，苏乔似乎被自己灌醉了，喝完酒的苏乔喜欢聊天，喜欢抽烟，一根接一根，把周围都埋在烟雾缭绕下。她开始和他们大声聊天，Paul 听不懂，盖偶尔翻译给他听。

苏乔和他们说，自己一个人来旅行，她觉得这个岛有一种魔力，让人留恋。她喜欢这里，如果有机会，一定要在这里定居，过自己喜欢的生活。没有虚荣繁华，只是简单地，男耕女织，逍遥自在。

这样絮絮叨叨地聊着，她开始大笑，说着自己觉得好笑的话，反正他们也听不懂。她笑得流泪，用手揩掉，却又涌出来。她看 Paul 在灯光下明灭的笑容，觉得好看得耀眼。

　　苏乔总是很无意地看手机，看通讯录那个熟悉的名字，看 Wechat 那个没有任何温度的头像，让她的心降到零点。她看手机里的合照，再一张张删掉。她将方子勋的聊天记录一条条看过，一条条删除，就像删除了曾经生活的世界，一下子没了记忆。

　　看着手机屏幕逐渐黯淡下去，心也空了。手机忽然亮了，苏乔好像一下子又变得期待，点开，显示有一位新朋友。她脸上那一刹那的光，瞬间就灭了。她无意识地点开，头像是那张干净真诚的脸，还有好看的眼睛和温暖的笑。她抬头，看见 Paul 笑着看她，指着 Wechat，告诉她，那个是他。通过附近人找到的。

　　盖也一起，加了好友。

　　接受，打个招呼。陌生的人，从现实到网络，再到现实，虚虚实实，真真假假，变成了陌生而熟悉的人。

　　喝到十点的时候，他们决定离开。

　　苏乔有些醉，却意识清醒。她挽着 Paul 的胳膊，开心地笑着，走到马路上，任由 Paul 扶着，毫无忌惮。这里没有那么多的注视，没有那些束缚，这里，只属于她自己。

　　他们走到摩托车位置，Paul 帮她戴上帽子，扶她在摩托车上坐好，然后他自己戴好帽子，上车，把苏乔的手绕过他的腰。

　　盖去骑自己的摩托车，他们互相摆手，说再见。苏乔也摆手，然后再重新抱住 Paul，怕自己真的一不小心在半路摔了下来。

　　夜里的风，凉快，吹在脸上，让酒气散了许多。

　　岛上除了热闹的路有路灯，其他地方都是黑暗的。摩托车的灯光明亮孤独地照着前方的路，夜色深一脚浅一脚地，在旁边掠过。经过一座桥，两边有暗得看不清的河床，树木郁葱地长在路旁，遮挡着月亮的光。可以看到车灯前扑着光而来的飞虫和灰尘，洋洋洒洒。车前偶尔窜出的黑影，不知道是夜猫还是其他动物，一闪而过。

苏乔被风吹过的醉意，让脑子变得沉沉欲睡，她双手环抱着 Paul，这个年轻而阳光的男孩，有着匀称而结实的身体。她整个人紧挨着他的后背，头趴在他的背上，他的身体和他的手一样冰凉，却让人踏实。苏乔想就这样睡着，到天荒地老，在梦里，她看见方子勋也露出温暖的笑容，对她说，苏乔，苏乔，我们结婚吧。

感情的牢笼，究竟是谁囚了谁？

09
这是一片深藏爱情的岛

从闹市，经过落寞的黑暗，过了一大段路程，逐渐进入另一片热闹的区域，商店和夜市的灯光照亮马路，经过寺庙，看到 7-11 明亮的灯光，对面就是通往酒店的路口。那段窄小的路上，一片漆黑，Paul 降低了速度，朝着酒店开去。

也许很多美好的电视剧是对的，苏乔在黑暗中的小路上，仿佛可以看到绚烂的光铺在路上，变成彩虹，他们的机车在上面飘过，飘过。

她能听到方子勋的声音，"苏乔，苏乔，我要结婚了。"

Paul 可以感觉到背后的眼泪，弄湿了他的衣衫，也淋湿了他的心。究竟为何，这个美丽的女子，竟然悲伤得透进骨子。

每个人都有感情缺陷，每个人都逃不过爱恨别离，只是，我们是否还有力气从头去爱。

一觉醒来，已接近中午。

　　Wechat 响了很多次，最后一次像是警钟，让苏乔一下子从睡眠中坐起来，她恍惚地坐在床边，目光呆滞，脑袋发胀。

　　泰国啤酒的浓度确实高出很多，也不知道究竟喝了几瓶，让苏乔感觉有些昏昏然。她开始回忆昨天晚上，她坐着 Paul 的机车，在夜风里开回来。夜色里，自己恍惚地好像看到彩虹，还听到了方子勋的声音。Paul 把他送到度假村门口，她从摩托车下来，把帽子还给他，和他说了再见。他笑着摆手，她回头看，可以看见黑暗里他在机车上的影子，一直看着她走进大门。她好像哭了。模模糊糊的，好不真实。

　　她晃晃荡荡地走进度假村，穿过度假村的大堂前厅，穿过池塘上的木头小桥，低矮的照明灯照着窄窄的石头小路，一路延伸，在 134 号房间停下，晃悠着身体看了半天，确定没有走错。

　　脱掉鞋子，找钥匙找了半天，进到房间，拉上所有窗帘，房间里透着黑夜的颜色，苏乔把自己那具死一般的身体落到床上。这床与窗外只隔了那透光的窗帘，听夜里寂静的风吹过窗外树木，远处的海浪声，像是录了音，在耳边荡着。就这样睡了。

　　不对，不对。好像她还做了一件事。

　　苏乔在脑子里搜索了半天，手机的信息声一下子提醒了她。对，是信息，她好像给别人发了信息。

　　苏乔拿起手机，查看 Wechat，一下子清醒过来。果然，方子勋的头像豁然出现在实时聊天的上方，她点开自己发的那条语音信息，醉醺醺的说话声传进耳朵："方子勋，方子勋，你王八蛋，你就是个人渣！"

　　"方子勋，你怎么能把给我的承诺许了别人？"

　　"你许给别人就算了，你为什么要许给蒋婷，为什么，为什么？"

　　接着就没有再发，可能苏乔说着说着就睡着了。

　　方子勋竟然回复了一条信息，可能是后悔回复了，显示着"方子勋撤回了一条消息"。

究竟自己做了些什么啊？自己说了这些，竟没了印象。

苏乔删掉了语音信息，已经无法撤回了，只是想让自己假装看不到。

她没有再回复方子勋信息，她怕自己心软，怕自己回去找他，纠缠不清。既然已经离开，那就好好地离开，不要让自己变成一个可怜的失恋者。

过去的事之所以美好就在于它已成为过去，如果过不去，便成为一世的悲凉。

Wechat 上还有几条信息是一些无关紧要的人，听说她和蒋婷的事，"好心"安慰，就好像是道德审判者，把蒋婷翻过来覆过去地数落了个遍。这个虚荣的圈子一直如此，生怕没有八卦，满足不了他们的好奇心。在这里安慰你，反过来就会去找蒋婷说，恭喜。幼稚得让人发笑。

还有几条信息是 Paul 发的，有两张昨天晚上在白沙滩拍的晚霞，一张照片里有苏乔的背影，在泛着昏暗红光的晚霞吞噬下，孤独得想哭。

Paul 不知道在哪翻译的英文，发了一条"good night"。这条信息是夜里 1 点发的，不知道他是一直没睡，还是偶尔夜半醒来。

苏乔为自己给方子勋发信息的愚蠢行为懊悔不已，她在床上懊恼地滚了一会儿床单，最后起床对自己说，"过去了，过去了。新的一天到来了。"大有《飘》的女主斯佳丽的坚强风范。

起床，冲凉，整理，吹头发，一边刷牙一边在想方子勋到底撤回了什么话。估计方子勋说了什么可恶的话才撤回的。苏乔哼了声，吐了嘴里的泡沫，狠狠地像是要把牙齿都刷掉。

重新贴了创可贴在擦伤处，箱子翻得乱七八糟，也没找到要戴的小珍珠耳钉。Wechat 这时响了，让她放弃继续翻箱倒柜的动作，把那些乱七八糟的东西重新都塞回箱子，合上它，看似依然整洁如初。

　　她点开信息，是 Paul 发的照片，一张工作的照片，他穿着酒红色的工作服，在检查午饭的日料食物，整齐地摆在冰块上，新鲜好看。照片是从侧面拍的，看到高挺的鼻梁和浓黑的眉毛，相搭甚宜，比正面看起来更立体，有点像个混血儿。然后 Paul 又发了笑脸表情。紧接着又发了一张图，是 Google 的翻译截图，上面是一句泰文，下面是英语翻译出的"I work end 3:00. I'll go find you。"

　　想必昨天半夜发的"good night"也是从 Google 里翻译的，不知道是不是折腾了半天才找到这样的办法解决他们书面沟通的问题，所以那么晚还没有睡。

　　苏乔觉得好笑，是那种让人贴心的笑，这个男生做的每件事情都在用他最美好的想法，去解决别人的烦恼。

　　苏乔回复："OK, I wait you。"

　　窗户外面有鸟歌唱的声音，阳光透过窗帘的缝隙照进屋子，她开始喜欢这里的早晨，阳光、鸟叫、虫鸣，让人可以在床边思考那么多美好的事。

　　苏乔重新从外表毫无异样的箱子里翻出来黑色的短裤和背心，戴了黑色的棒球帽，看起来像个十足的贩毒犯。也就还差个满臂的纹身。

　　依然如昨，她找了地方吃饭，然后在酒店的孔抛海滩转了转，这里的海滩没有昨天白沙滩的沙子细腻，海边起伏的礁石，却让这片海有另一种美，一种悲戚而壮观的美。

　　远处礁石比较多，逐渐到近处，只有很少的小礁石，错落有致。礁石和沙子结合着，偶尔有海水延着海岸流到很远，也许是长年累月，出现一条浅浅的沟壑，如同支流，久远地，潺潺流着。

　　沿着浅浅的沟壑到岸边，看到远处有外国妈妈带着四五岁的男孩，在沟壑的尽头嬉闹着，旁边有酒店里长期喂养的流浪狗，一黄一黑，前后在他们身边围绕着，呈现出那么幸福的画面。幸福终老，也无非如此：有海，有狗，有你爱的人，足矣。

岸边，成排的椰子树，上面挂着很多椰子，叶子宽大茂盛，遮挡着阳光。椰子树下，是酒店摆放整齐的海滩椅，供给客人休息，俨然一副旅行手册封面的照片取景地。

海滩上的阳光强烈得可以晒透皮肤，整个人暴露在湛蓝的天空下，晒得火辣地疼。苏乔从海边溜达回岸边，在椰子树下找了张沙滩椅躺下，舒展开。

椰子树下，和风徐徐，消除了一切炎热。远处有闪耀的海波粼粼，近处有面朝大海的泳池，上空飘荡着孩童的嬉闹声，旁边躺椅上，是一对外国情侣，女孩有完美的身材，她把头枕在那个有着满臂纹身的男朋友身上，他们缠缠绵绵，窃窃私语。一切都是那么美好，却让苏乔心如刀割。

这是一座深藏着爱情的岛，在这片岛上，随处可见幸福、爱情。可独独少了她的。

苏乔在手机找了喜欢听的歌，戴上耳机，闭上眼，享受这一刻的安宁，心无旁骛。

在这和风徐徐下，竟然睡着了。梦里，她似乎站在公寓的大落地窗前，阳光照射进来，照在她的身上，还有身后那个相拥的男人，她看不到他的脸，但她知道，在那里，只有方子勋。那是他们找了许久的房子，有着落地窗和温煦阳光的房子。

苏乔睡了不知道多久，海风有点凉，把她吹醒了。睁开眼，阳光明晃晃地在椰子树的大叶子中间照耀着，一缕缕地，煞是和煦好看。看了眼手机上的时间，已经3点半了，Wechat上有一条未读消息，点开看，是Paul拍了一张酒店大门的照片。

"晕，怎么还睡着了。"苏乔拍了拍脑袋，稍作整理，不舍地离开躺椅，虽然这里处处可见卿卿我我，但这里睡觉真的很舒服，不冷不热，还有海浪声，像是奏着摇篮曲，倒是一处午睡的好去处。

一路小跑，来到酒店前厅，友好地和大堂的服务员用泰语问好"萨瓦迪卡"，服务员回以她热情的笑容。

出了前厅大门，远远地看到度假村门口，靠墙的树荫下，黑色的机车，Paul 还是一身休闲的衣服，倚在机车座位上，一只脚支着，另一只脚斜搭在这只脚上，百无聊赖地低着头，像是在数蚂蚁的小孩子。树荫遗漏下的光，正好照在他抬起来的眼睛上，看不清眼睛里的清明，却能看见闪耀的笑容，看向她。

Paul 抬手打招呼，开心的样子，感染着空气里的尘埃，在阳光下飘飘荡荡。

苏乔快速地朝门口走去，偶尔跑几下，腿上的伤已经不太疼。她好像很着急要跑到近处，看着他，看他明灭好看的笑容，让人心安。

"Hi"苏乔打着招呼。然后双手合实抱歉地说："我刚才睡着了，忘记时间了。"她用手比划着睡觉的姿势。

Paul 笑着点头，用泰语说："苏乔，เธอหล่อมาก（你很帅）。"他发现苏乔一脸懵懂的状态，他指着她的衣服，竖起大拇指。

虽然苏乔被他叫得很别扭，不过很真诚。苏乔不好意思地笑笑，自己竟然忘记了他下午要来，睡着了，也没来得及换衣服，一身小太妹的装扮，滑稽的样子。

Paul 用手机，在 Google 上打字，拿给苏乔看，翻译的中文好像并不是太准确，大致可以明白，Paul 准备带她去看岛上的一个瀑布，是这里出名的景色。

苏乔点着头告诉他："好啊，我去骑摩托。"然后她掏出车钥匙，

Paul一下就明白了，点头，等待。

　　Paul看那个像精灵般的身影，在身前消失，再出现。昨天那骨子里的悲伤，今天却全然不知去向，如此多变的女子，竟然如此令人心动。

10
追寻千年等你出现

黑色的机车，在前面带路，明显要低于平常的速度，后面跟随着灰蓝色的小摩托，苏乔喜欢这个摩托车的颜色，不艳丽也不黯淡，就是那样平易近人的色调，看起来舒服。

他们经过昨天晚上的那条路，是向闹市方向的，白天的马路，看起来清亮了许多，路边混杂的矮树和杂草藤蔓间，偶尔有小的街边饭馆，简易的木头棚子，别有一番风味。

在一处开阔的丁字路口拐了进去，由于是和国内反方向，右转要穿过马路，苏乔反复地看着马路上来回穿梭的车辆，速度都不曾减缓。她一直等到没了车辆，才拐过去，拐弯时间大约用了几分钟，Paul 停在拐弯不远处的桥边，桥上没有任何桥栏，视野开阔，从桥边可以看到溪流绵延。

Paul 笑着，等到苏乔过来。

只要是苏乔所见之处，便能看见 Paul 在等待。这让苏乔的心泛着不自觉的依赖。

等到苏乔到近前，Paul 重新启动车子，在前面开出去。

这条路是铺砌一新的柏油路，不宽，可以容纳往返双方向的车辆通过，这条路通往瀑布，可以看到不同于刚才那条大马路上的风景。路边有村落一样的平房，此起彼伏；经过一个大象园，很大一片空地，黄色的土裸露在地表，有木头的栅栏，应该是给大象的栖息地；经过一个农家院一样的地方，门口有古老的门楼和摆设，搭配着不相宜的招牌，还有一个秋千，悠悠地晃着。

苏乔谨慎地看着左右的风景，从农家院转弯，看到错落的村落房舍；再一拐，便全都消失了，路两边出现大片的树林，路边的树木高耸入云，苍劲生长，枝叶遮挡了头顶的蓝天和刺眼的阳光，把这一段柏油路遮得绿树荫荫，像一条幽密小径，藏着古老而神秘的物种。路边有一棵形状怪异的树木，整个树枝伸张到马路上，搭了一个树荫帐篷，一大片的树荫下，有两只黑色的狗，安静地躺着，不仔细看，以为是死掉的尸体。

他们绕过这片树荫，向前开去。

他们安静平稳地骑着摩托，风吹过肩头，穿过瞳孔，沙沙的风声在耳边掠过。前面黑色的机车，徐速前进，Paul 偶尔会转头看苏乔。

苏乔喜欢这段路上的每一处风景，喜欢风景中的那个"引渡者"，在前方，不曾离开视线。

过了那片树荫，路边豁然出现房屋、商铺，下午依然开业的小酒吧，还有嬉闹的人群。一一掠过，Paul 放慢速度，渐渐滑行到路边，一个卖着各种杂货的低矮小屋的旁边，有一片砂石空地，停着几辆和苏乔一样的摩托车，想必都是来岛上的游客租赁的。那辆黑色机车，格外显眼。

Paul 停下车子，指点着苏乔在一边停好车子，他把帽子就挂在车把手上，苏乔也跟着学着，不再害怕帽子会被偷，想必这种民风淳朴的地方，都是如此。

　　Paul 往前走去，有一个小小的坡路，上面有车辆起落杆，把里面宽阔的园林路面和外面的小路隔开来。Paul 和工作人员说着话，应该是询问瀑布的问题。苏乔在一边四处张望，停车的位置是一个高出来的山崖边，可以从那里的豁口走下去，下面是很宽阔的溪流，有人在那里坐着看风景。

　　少顷，Paul 走过来和她说："น้ำตกปิดแล้ว（瀑布已经关了）。"他拿出手机，指着手机屏幕上的时间，已经 4 点了，他摇着手，表示时间已经很晚了。

　　苏乔大致明白，这里的瀑布也算是景区，和国内的一样，有关门时间。她笑笑，指着车旁边的豁口比划说："我们可以从这里下去看看。"

　　Paul 点头，在她前面，从车旁边的豁口下去，这个小路是很多人走出来的路，有石头露出，做了台阶的踩踏石，两边有高得看不清样子的树木，Paul 伸出手，牵过苏乔的手，缓慢地从坡上的石头小道走下去，树木中间有一块平坦的地方，隔开了溪流和斜坡，那里有石头做的桌子和椅子，刚才在这里休息的人都已经离开。

　　Paul 放开手，他们在这块平坦的地方站立着，可以看到旁边就是宽阔的溪流，潺潺地从上游流下来，想必是瀑布的下支河流。溪流的两岸，是原始雨林，高耸入云的树木，郁郁葱葱，一眼看不尽，一直延伸到上游和下游。远远看去，仿佛无穷无尽一般，让人想起外国夫妇划着竹筏，漂流在河流上探险的节目。

　　河流岸边有大块的石头，一直延伸到溪流里，石头错落着排列在溪流中成一条直线，拦截一部分溪水，经过石头，缓缓而下。整排的石头，像是古装电视剧里垒得简陋的石墩桥，可以踩在露出的石头横截面上，过到溪流的对面。

　　"ที่นี่ก็สามารถดูน้ำที่ไหลลงมาจากน้ำตกได้（这是瀑布流下的水，可以在这里看一看）。"Paul 一边说着，一边指着上流的水，扶着苏乔踩到溪流上的石头。可能是河水之上，Paul 的手更加冰凉，浸入骨头。

　　他们分别站在一块石头上，水从脚边流过，清凉舒适。

　　近处，可以看到溪水中很多鱼，有大有小，有着看似透明的身体，与清澈的溪水融为一体，不走到近处，很难发现。

　　苏乔一直觉得"水至清则无鱼"。从大学毕业到工作，混迹于大公司，看着周围人的勾心斗角，习惯了同流合污，习惯了得过且过。而今，这清澈的水中，无数的鱼，游着，轻松美好，让这方原始雨林的光景也变得如童话里的山清水秀。何来正确错误之说？

　　Paul 看着苏乔，她开心地笑着，蹲下身，用手捧水喝，很甜。苏乔用手去抓水里的鱼，却怎么都抓不到，倒溅了一身的水，像极了天真的孩子。

　　溪水蜿蜒流淌在这片古老的森林中，溪水浅而清澈，水下面有碧青的石头，被水流长期温柔地抚摸，变得光滑好看，在清澈荡漾的水中，闪着微微的光。

　　苏乔撩起水洗了一把脸，用手拽了拽 Paul，示意他也一起。水珠在苏乔的脸上闪着光，让人着迷。

　　Paul 顺从地蹲下，探手从水中拣起一块石头，有一圈一圈年轮般的花纹，光滑的外表，青白相间，放在手掌里正好占据掌心的大小。他站起来，把石头放在手心，双手合实，面朝瀑布上流，闭眼许愿。

　　苏乔蹲在那里，抬头看着他，从下而上，看他棱角分明的下颚，看他双眼紧闭，长的睫毛覆盖着眼睑，表情虔诚，在那站立着，几十秒。

　　Paul 睁开眼，把手松开，把石头握在一只手里，看见正在抬头看他的苏乔，伸出手拉她起身。他们相对而立，看着对方，苏乔只是茫然地，看他微笑。

他一只手握着石头，另一只手拉起苏乔的手，然后把握着石头的手伸到她的掌心。松开。苏乔可以清楚地看到他的手指纤长，骨节分明。

Paul 的手离开，石头留在苏乔的掌心。他说："น้ำตกนี้มีประวัติของมันอยู่, ที่ที่น้ำตกเคยไหลผ่าน, หาก้อนหินที่ตัวเองชอบ, ต่อหน้าน้ำตก สามารถขอพรได้, น้ำตกนี้ ศักดิ์สิทธิ์มาก（这个瀑布有个传说，在瀑布流过的地方，找一块你喜欢的石头，面对瀑布真诚地许愿，住在瀑布里面的神，会帮助你实现愿望）。"

苏乔听不懂他说的话，但她可以从他刚才的表情看出许愿，她说："这个是给我的吗？你许了愿？"

Paul 掏出手机，一句一句翻译出来，虽然翻译的不是很准确，大致的意思，苏乔明白。这个瀑布里面住着神，能够帮你实现愿望。

她看着手里有着好看花纹的石头，那里有他满满的祈福。虽然不知道他许的是什么愿望，但她喜欢这种有着传说的东西，这个追寻了千年等在这里的男孩，为她许了愿望的石头。

"谢谢。"苏乔把石头握在手心，双手合实，低头感谢，她把石头小心地放进背包里，她要珍藏这最美的祝福。

苏乔重新蹲下，从水里找了半天，最后找了一块拇指大小的石头，有着黄白晕开的三色花纹，整齐地围绕散开，如缎带一般，漂亮光滑。她学 Paul，朝瀑布许愿："希望这个大男孩可以幸福。"然后她把石头放进他冰凉的手，微微笑着。

Paul 看着这个漂亮的女子，脸上的溪水还未拭去，水珠在那白皙的脸上，温柔地滑落。经过那温婉的唇，依依不舍地，滴落下去。在明眸间，睫毛上，几滴水珠凝结其上，似是晶莹的泪，让苏乔看似梨花带雨般，清艳动人。

Paul看着手心那有着三色花纹的石头，小巧湿润，沁入心脾。他紧紧地握着，不再松开。

苏乔不知道说什么，这个一脸纯净、没有杂质的男孩，这个和自己相差8岁的男孩，对自己而言，连男人还称不上，却让她感动，她只想祝福他可以幸福。

自己究竟有多久不会感动，不会心动？在那样繁华浮躁的一个城市，不需要这无用的感动，每个人都是戴着面具，虚与委蛇，麻木不仁。有那么一刻，她恍惚地觉得自己开始爱上这个男孩，这个可以在前面引渡的人。

Paul给苏乔拍照片，背景是幽深的原始雨林，林间隐约有一间木屋，深藏其中。溪流在透过树木缝隙洒下的光线下，微微泛着尘埃的光晕。她与这美好的景色，相得益彰。

他拍她笑，拍她玩水，拍她不小心踩空石头，差点落水，镜头里看见她紧张地稳住身体，他吓了一身汗。这一切，都在这样一个有着令人神往的瀑布、溪水、雨林间发酵，发酵。

后来，苏乔知道，这个瀑布叫滩玛咏瀑布，是岛上主要的水源，并没有查到关于瀑布里住着神的传说，因泰皇拉玛五世曾驾临此地而声名大噪，也许这就是他们朝圣的神。

他们回到那片平坦的地面，坐在石头椅子上，Paul不知道什么时候买了矿泉水，递给她。他们坐在石桌旁，看着逐渐黯淡的日光，将这片溪水丛林，从莹莹光彩变得逐渐失了光泽。

看那隐藏在林间的木屋，像极了武侠小说里的世外桃源，他们在石桌前欣赏美好的风景，待到日落，便从那横在水面的石头桥，浮水轻踩，相携而归。可以想象屋檐下"鸟叫虫鸣风拂过，烟囱袅袅炊烟起"的景色，煞是美好。

Paul 也许想不到这些美好，他只是看着这个不知道来历，不知道年龄的女子，让他欢喜。从第一眼，在那个陡峭的坡路直冲而下，瞥见那辆弛缓上坡的车上，众多的人中，她那么显眼，看她凄然地笑，便已深陷。

他们隔桌相望，相视而笑，各含深意。

11
零点零一秒的冲动

天色渐暗，他们回到车旁，原路返回。

Paul 依然在前面放慢速度，偶尔看身后，怕苏乔落在视线外。

他们就这样一前一后，前行。

初登枝头的月亮，透过树枝，照在他们来时的路，夜色笼罩着白日看过的光景，幽暗缓缓，变了模样，如同他们的心，泛着涟漪。

一直开到丁字路口的位置，Paul 向右转，重新回到大路上，依然开到马路对面，等待苏乔小心拐弯。

苏乔所到之处，便能看到他在等待。

他们朝着闹市方向开去。

这片闹市区被称为象岛的市中心，商店密集，灯火通明，有各种小岛旅行所需要的纪念品、必需品，人们会在这里买一些自己需要的或留作纪念的东西。闹市中心的马路，有各种小吃商贩，在做着各种泰国当地的烧烤小吃，整条马路的上空中充满着烤肉、汤汁的味道，灰尘和炭火的烟雾飘起来，遮住了那些商贩的脸，充满泰国小岛的味道。

Paul 在一家皮具商店的门口停下车，皮具商店门口的空地很大，停着汽车和摩托车，错落有致地排列着。苏乔把摩托车停在黑色机车旁边，显得小巧玲珑的样子。

Paul 指着路边的小吃摊，学会了苏乔的比划语言，一边比划一边说，"อยากกินอันนี้ไหม（你想吃这个吗）？"

苏乔听懂了，笑得开心，像捣蒜一样点着头，雀跃地说："我最爱街边小吃了。"

苏乔牵起 Paul 冰凉好看的手，拽着他跑出去。

Paul 有些微愣，苏乔回头看他木讷的表情，笑着说："来，来，跟我来。"继续拽着他向前，他就那样跟着，开始微笑，露出好看的牙齿。

各种小吃摊上，小贩在与人说着价钱，收钱，包起来，就那样忙碌着。没有砍价还价，只是简单流畅地做着一切该做的。

拌方便面，炒好的嫩黄的面上，倒入酸辣的汤汁，让方便面闻起来垂涎欲滴；鸡肉、鸡胗、鸡爪，还有整只鸡，滴着油脂，勾引着每一个路过的人；拌木瓜丝、炸鸡腿、青芒果搭配着咸味的辣椒粉……各种各样的食物，让苏乔的肚子咕噜噜地叫个不停，这个、这个、这个……买了一堆。

苏乔在人群中穿梭着，一直把整条小吃街逛遍，把零钱包里的硬币花得干净。

手里拎着一大堆的东西，苏乔抬头，看见 Paul 朝着她嘿嘿地笑，让苏乔一下子没了主意，什么时候买了这么多？猪吗？

Paul 不在意这些，他只是被这个女子欢乐简单的动作吸引着。他从她手上拎过来食物，然后带她穿过熙攘的人群，走到皮具商店的旁边，有一条看不清的小路。他在前面牵她，穿过小路，下台阶，然后来到昨天去过的那片白沙滩。

沿着海岸走了一会儿，来到那个挂满了红灯笼的"聊斋"餐厅，海滩上排列整齐的大排档，有着大的遮阳伞立着，怕下雨淋了客人。

苏乔跟着 Paul 穿过大排档，向上走到一个高出海滩的，铺着砖石地面的大平台上，上面摆放整齐的桌椅，正前方有一个高出一截的舞台，舞台上摆放着乐器、音响。舞台正前方有落地的话筒。墙上有古老的壁画，简单勾画的古人围绕着篝火跳舞，灯光昏黄，映衬得整个舞台古老而神秘。

Paul 找了一张桌子，把吃的东西放在桌子上，让苏乔坐下。他们把吃的东西打开，各种快食餐盒里，装着各种食物，至少有 4 个人的分量，Paul 认真地把食物摆在桌子上，把叉子递到苏乔的手上，笑着邀请苏乔可以开吃了。苏乔有些迫不及待地品尝着烤肉、拌面，味道鲜美，独有的泰国辣椒和柠檬调制味道，让她爱不释口。

苏乔一边张罗着 Paul 吃，一边狼吞虎咽地往嘴里塞，好不壮观。虽然好吃，却总是觉得少了点什么。Paul 不知道什么时候离开了，返回的时候拿了两瓶啤酒。在苏乔的对面坐下，帮苏乔倒进杯子。正合苏乔心意。吃着街边的小吃，喝着啤酒，怎一个舒坦了得。

Paul 看她吃喝的样子，笑得开心。这是一个与众不同的女子，和他见过的其他女子都不一样。哪有女生，还是漂亮的女生，不在乎自己吃饭的样子，不在乎自己嬉闹的样子，一切都不在乎，心安理得。

吃得差不多的时候，台上陆续有乐队登台，歌手是一个男生，在舞台中央，整理好话筒，其他人相继在自己的乐器前准备妥当。灯光照在歌手身上，他戴着棒球帽，黑色的 T 恤，黑色的休闲长裤，穿 nike 的运动鞋，帽子的阴影，遮住了脸上的光。他唱英文歌，嗓音好听，口音有一些马来西亚的感觉。唱完一首歌的时候，他用话筒和坐在舞台旁边的一个外国男人说话，问他有什么想听的歌曲。就这样，唱了三首歌，歌手在唱歌的时候会与台下的人互动，偶尔看到苏乔的位置，会和她点头微笑。她也回以微笑，表示感谢。

他们坐在那里，把酒喝光，剩下了一些食物，怎么都塞不下了。

乐队演唱完便离开了，舞台重新变得安静，那古老的壁画依然神秘。海滩上开始了火把舞表演，就像是那舞台上的壁画复活了一般，充满着新奇尖叫。他们远远地张望，火把忽闪忽灭，忽然冒起飞舞的火焰，冲向天空，把暗色的夜照得明亮。火把两端点着火，被舞者抡圆，如同孙悟空耍着金箍棒，火苗在空气中快速流动，变成一个圆形的火圈，流光溢彩。

跳完火把舞，舞者灭掉火苗，从沙滩上一路走到他们坐的台子上，用帽子承接着观众们打赏的小费，多少随意，苏乔把100泰铢放进帽子里，看着舞者，笑得开心。

苏乔跟着Paul离开餐厅，沿着反方向，找了通往街道的路，回到街道。他们需要返回皮具商店的位置。

这一段路灯很暗，昏黄的灯光，只能照明路边低矮的路崖，旁边是黑暗的墙壁。苏乔喜欢走在路崖上，感觉在走T台，看身边的一切繁华似锦，如过眼云烟。

Paul静静地走在路崖下边，与苏乔齐肩而行。他看这个女子在窄小的路崖上摇摆不定，却依然缓缓而行，坚定从容。他的手在半空撑着，怕她一不小心落下，他便可以伸手扶住。

前面有一个电线杆，苏乔没有走下路崖，她从电线杆与墙的中间空隙，斜身而过，那个空隙足够她过去。可她没有看到电线杆上，不知有何用处的一根长钉横在那里，在黑暗处隐藏着，等待她迎头而上。

忽然间发痛的额头，感觉像是被一个钢钉刺穿了皮肤一样，尖锐火辣的疼痛感，让她喊出声来。她一下子掉到路崖下，捂着额头蹲下去，眼泪被疼痛刺激得不听使唤地往下流。

Paul 被她突然的状况吓到了，他想看一下她的头怎么样，他看了一下电线杆子上，有一根长钉冒出来，他只能听到她大声的喘气声，很痛的样子。他用泰语问她："เจ็บที่ไหนบ้างให้ฉันดูหน่อย（你哪里受伤了？我看一看）。"他就一直这样问着，手足无措。

苏乔蹲了一会儿，感觉没那么疼了，缓缓站起来，松开手，给他看了额头，问他："是不是破了？流血了吗？"

Paul 借着路灯昏暗的光亮，看她的额头上，有一点擦破，红肿的样子，有一点点血迹渗出，戛然而止。

他对她说："wait。อยู่ตรงนี้รอฉันนะ（在这里等我一下）。"

苏乔在原地等待，重新蹲下，起来，额头的锥痛感，渐渐变得好一些，再好一些。她用手摸伤口处，借着路灯昏黄的亮光看手指，还好，没有流血。

她把眼泪擦干，身上疼出的汗，渐渐凉掉。她开始笑，笑自己的莽撞。她走到电线杆的位置，把害她受伤的罪魁祸首看清楚，她说，"电线杆上插根钉子干吗？不想让人活了啊。"

苏乔想起来和方子勋一起的时候，也是这样走在马路边，她倒退着和方子勋说话，一转头，撞在电线杆上，脑子里嗡嗡地，像是书里写的一样，眼睛看到小星星。方子勋在她面前，说她是个笨蛋，然后走开了。留她自己，揉着额头，在原地缓了半天神，才追上去。因为这件事情两个人冷战了一周，苏乔怪方子勋不疼她。方子勋说，只有疼过才知道悔改，才不会继续愚蠢，这样以后不在她身边的时候才不会担心。

她开始笑自己永远都改不掉的愚蠢，疼过了依然不知悔改。方子勋不在身边，伤口依然在。外面的伤口可以恢复，可是内心的伤早已溃烂，变得麻木不仁。

她用手轻抚着额头的伤口，有点轻微地疼，她四处看，搜寻着 Paul 的身影。

马路对面的药店，Paul 买了药膏，他匆忙从药店出来，就好像风一样穿出来。他跑下药店的台阶，台阶下没有灯光，店铺里的灯光透出来，可以看见他的身影拉长，变得更加高大。他走到路边，看左右的车，然后匆匆穿过马路，小跑到苏乔的面前。

Paul 没有了惯有的笑容，他紧皱着眉头，把药膏打开。把苏乔拉到灯光稍微明亮的地方，他拂开她额头上的头发，查看着额头的伤口，然后把药膏一点点，轻轻擦上，生怕手重了。他轻轻吹着气，像对待一个小孩子呵护备至。

他们离得那样近，那样亲密，是方子勋都不曾做过的。药物有些清凉，他吹出的气，吹在上面，有些痒痒的。苏乔看着他，原来，他除了微笑还有其他的表情。

他们相视而笑，他们开始沉默，他们彼此喜欢，似乎听到彼此的心跳，彼此轻微的呼吸。苏乔脸上像是灼烧一般，她尴尬的笑声，打破他们有那么零点零一秒的冲动，她点头说"谢谢"。然后走到电线杆的位置，笑着指着那根钉子，给 Paul 看。

Paul 走到那里，用了很大力气，把钉子拔了下来，说："*แบบนี้ก็ไม่อาจทำร้ายจิตใจใครได้*（这样就不会再有人受伤了）。"

苏乔没有再走在路崖上，他们并排而行，苏乔开始说话，说钉子的可恶，说药物的作用，说很多不着边际的话，来掩盖她的心动。

确实，她心动了。这个只认识很短时间的男孩，让她感动，让她心动，让她麻木的身心，都开始变得冲动。那些很微不足道的关心，是最奢侈的。

她和方子勋不知道从什么时候起，没有了关心，没有了嘘寒问暖，更没有心动。好像就那么理所当然地在一起，互不干涉，以为那样就是一辈子。

没有了爱情，似乎每个人都渺小得不如一粒尘埃。

12
多情的少年心动不已

他们骑车回酒店，风吹起苏乔的头发，额头的伤口暴露在外面，药膏的清凉刺穿皮肤，让人清醒。

看着前面的身影，黑暗里依然感觉到那明媚好看的笑容，苏乔不知道自己是否依然清醒。

Paul 把她一直送到酒店门口，看她停车，走进酒店前厅，和他挥手，才离开。苏乔在大厅转身去看他，看不见黑暗里的表情，只是感觉他默默地看着，说不出的温暖。

一直到凌晨，他给她发在 Google 上翻译的信息到 Wechat，"Good point it wound（伤口好点吗）？"

"Remember dressing（记得敷药）。"

"Carefully hit the water（小心碰到水）。"

"Go to bed early（早点休息）。"

"See you tomorrow（明天见）。"

"good night（晚安）。"

……

这一晚，苏乔竟然没有做梦，梦里一直都是干净空白的，偶尔有幸福的笑容，从身前飘过。方子勋好像从她梦里的世界消失了，竟然想不起他的模样。

第二天，苏乔早早起床，听窗前鸟鸣，阳光照射，一切都美好而熟悉。

她第一次去度假村的海边餐厅吃早餐，选了靠栏杆的位置，清晨的空气新鲜好闻，满眼椰子树的绿色，搭配着沙滩和海的颜色，视野开阔。从椰子树的缝隙中可以看到远处的海，有渔船经过，有海鸥从海面飞过，发出叫声。栏杆下，那两只流浪狗站在那里，四处张望，他们习惯了餐厅的食客，会不时地丢给它们食物。

相传，泰国的国王被狗救起过，所以泰国人不吃狗肉，似乎成了习俗。也许是因为泰国的宗教信仰，令泰国人不但不吃狗肉，而且对狗关爱有加，所以狗在泰国的生活很自在。在泰国，随处可见流浪狗，它们会被附近的人喂养着，没有人驱赶打骂。

吃完早饭，苏乔走到海边溜达，看清晨在海里捞鱼虫的渔民，一个年龄很大的老者，在海里，用一个木杆扎的大网，来回走着。他看到苏乔站在岸边，招手让苏乔过去看他捞出的鱼虫。

清晨的太阳迟迟未起，整个海面看起来有些阴沉沉的，苏乔在齐腰的海水里，看那些鱼虫，在那张大网里沉溺，像是宿命的网。海水湿透了她身上的裙子，老者含蓄地笑着，把大网上的鱼虫，用手抓起来，放进准备好的袋子里。重新开始了他捕捞鱼虫的动作。苏乔以前去过鱼市，这种鱼虫如果是大批量的话很贵。这里不能出海打渔的老人，便会在这里捞鱼虫，做一些可以贴补家用的活计。

苏乔离开海水，回到岸上，准备回房间换一身干净的衣服，经过面朝大海的泳池，忽然想起她曾经在方子勋和蒋婷的面前问过他们俩。

她问方子勋："如果我和你妈妈掉进水里，你救谁？"

她问蒋婷："如果我和你爱的男人掉进水里，你救谁？"

方子勋说："我不会游泳，你也不会，可以一起在水里喊救命。"

而蒋婷说："我一定救你，我爱的男人一定会游泳。"

苏乔特别想现在问蒋婷："如果我和你爱的男人落水，你会救谁？"

她苦笑着，坐在泳池岸上，面朝大海，没有春暖花开。

方子勋不会游泳，更不会去水边，即使苏乔有一箱子的比基尼，方子勋却从来没看过。

苏乔在泳池边拍了照片，湿透的裙子，并不性感的胸。她发到朋友圈，照片里的她笑得温煦，没有张扬，没有忧郁，没有害怕，只是平静地笑。

她写：我在面朝大海的地方，等待春暖花开。

这是她来到泰国以来，第一次发朋友圈状态。她不知道自己是不是为了让方子勋看到，或者是想让那些为她的爱情瞎操心的"好友"安心。

有人点赞，是 Paul，他回复：beautiful。

还有一些人胡乱地评论，什么太平公主啊、性感啊、闷骚啊，尔尔。这些，却没有方子勋。

Paul 在 Wechat 里给她发了信息，问她是否吃饭了，伤口是否好点了，有没有擦药？

苏乔开始习惯这种絮叨的问候，在这个陌生的岛，有一个关心她的人。而那个远在中国的，叫方子勋的男人，再也没了音信。苏乔开始怀疑，他们是否真的遇见过。

接近中午的时候，苏乔回房间，换了衣服，想去附近转转。她收拾了钱包、手机、笔记本，可她却找不到护照，她把整个箱子、背包都翻遍了，却怎么也看不到踪影。她不记得自己究竟什么时候没了护照，她脑子空白了，她在想，如果没有护照是不是就不能回国了？是不是要去大使馆？是不是需要找朋友来帮忙了？她甚至还想，在泰国黑户吧。没有护照她应该什么都做不了，去哪藏着呢？就这样胡乱地想着，却不知道该怎么办，没有一点头绪，想不起最后看到护照的时间。

她很自然而习惯地发语音信息给 Paul，很着急地说护照丢了。苏乔知道 Paul 听不懂她说的话，她只是想把自己无处安放的紧张，放在这个陌生的男孩身上。

她翻遍了所有的地方，一遍又一遍，整个箱子底朝天。她坐在木头的沙发上，虚脱地坐着，脑子什么都不想，放空了，无能为力。

不知道过了多久，Wechat 连续响着，她缓过神，看手机，竟然是 Paul 回复的语音信息。她点开，声音不是 Paul 的，是一个说着中文的男子声音，听起来像盖。他说得很慢："你先不要急。你等我过去找你。"

"你在酒店等我。"

过了大概一刻钟的样子，Paul 给她发了一张照片，是酒店门口。她知道他来了，好像早有约定般，她知道他会来。

她跑出去，看到他依然如昨，站在墙下阴影处，在黑色的机车旁边，等着她出来。旁边还有一个人，竟然是盖。

苏乔来到他面前，看他的脸，原本烦躁不安的情绪，变得平和。

盖和苏乔打了招呼，然后听 Paul 说了句话，转头翻译给苏乔，"你租摩托车用到护照了吗？"

苏乔想了想，好像一下子有点印象，点头。可她记得护照好像还给她了，又好像没还，租摩托的时候，自己兴奋过了头，记忆模糊，记不清到底是怎样的过程。

她忽然想到有摩托车的租赁单，找出来，递给盖。

Paul 看了盖手里的租赁单，按照租赁单上的电话给老板打过去。他用泰语交流，像是在询问。苏乔紧张地看着他，听不懂，也看不出，究竟是什么情况。

Paul 打完电话。苏乔看到他对自己笑，心情一下子便放松了。她知道，Paul 已经找到了。这种直觉，很奇妙，不需要任何语言。

苏乔问盖："怎么样，是在那里吗？"

盖和 Paul 说着话，Paul 指着租赁单说："พัคสปอร์ตไว้ที่เช่ารถเวลาคืนรถค่อยเอาคืน（护照押在老板那里，还车的时候取）。"盖对苏乔点头，翻译给苏乔听。

"哇！你真的太厉害了。"苏乔欢呼着，她一下子抱住 Paul，高兴地在他的脸颊亲了一口，嘴里还发出"mua"的配音，她太高兴了，以至于她情不自禁地就做了这些动作。这个动作让 Paul 一时没了主张，笑容僵在脸上，痴痴地看着苏乔。站在旁边的盖嘿嘿地笑着。

"哦，哦，对不起，我太高兴了。"苏乔发现自己无厘头的举动，赶忙鞠躬道歉。可是，她不是一个喜欢去拥抱、亲吻别人的人，即使兴奋，也不例外。但 Paul 不同，他会让自己想去亲近，想去亲吻，像是着了魔。

Paul 被她不知所以然的行为，逗得笑起来。

这时，苏乔想起来，问盖："你怎么也来了？"

盖告诉苏乔，刚才 Paul 听到她的语音，听出她很着急，他也很着急，就开车到盖的酒店找他，帮他翻译，帮他传达。Paul 翘了班，怕她着急，就把盖一起拉过来了。盖还夸张地说："Paul 疯了，车开得飞快，我都感觉自己快飞起来了。"

Paul 看到苏乔笑得放肆的样子，感觉整个阴天都被照亮了。摸着脸上还未消失的唇的温度，看她捧着那张租赁单，亲个不停。他淡淡地笑。

多情的少年，在这流转之世，多情之夏，看他心爱的女子，笑靥如花，心动不已。

盖看他们没什么事了，便先行回去上班了。

Paul 没有回去工作，他载着苏乔，出了酒店，一路向南。小岛是一个狭长的倒三角，一直朝南，小岛越来越狭小。店铺和人群没有市中心多。

苏乔坐在他身后，看路边的小商铺，水果摊，上面有她喜爱的山竹、榴莲，飘着香气。路上的人不多，其中一段路有些拥堵，苏乔看到泰国警察在那指挥着，好像封了一段路施工。他们缓慢地通过拥堵的路段，继续向南，经过一家有二层楼的咖啡厅，经过那些临街的酒吧，白天没有人，可以看到面对街道的吧台，有人在忙碌着，整齐地摆放着酒瓶，还有人孤单地站在店铺门口，看过往云烟……

一路开到尽头，路边一下子变成了荒草和树木，他们在一个分叉路口停下，左边是一条很窄的小路，不知通向哪里。右边是一条宽阔的陡坡，看起来直上直下。本地的居民骑着摩托车，加大了马力，冲上去，从下面看着似乎就要滚下来。坡上的汽车，飞一样地呼啸着冲下来，让苏乔着实捏了一把汗。

Paul 转头看苏乔，指着陡坡，示意上去。

苏乔使劲摇头，她可不想从这个坡上滚下来，体无完肤。

Paul 笑着，顺从地，延着原路返回，经过一家水果店的时候，苏乔下车，去买了一大口袋的山竹，又挑了个不算满意的榴莲，老板帮她把榴莲剥好，放进泡沫盒里。

苏乔转身准备离开的时候，老板忽然用蹩脚的中文告诉她："前面坡顶有观景台，很美，你和男朋友，一定要去看看。"然后老板指着她身后机车旁边的 Paul，笑着。

苏乔看了看 Paul，在那一直看着她，视线从未转移。

她转头对老板点着头，付了钱，拎着这一大袋子战利品，回到 Paul

那里。她想起水果店老板的话，在 Paul 面前比划着，打算去那个陡坡上的观景台看一看。

　　Paul 接过苏乔的战利品，笑着点头。

13
画一方禁地终老

Paul 骑着黑色机车，身后，苏乔搂着他的腰。他们重新返回那条分岔路，没有停歇，没有犹豫，冲向陡坡，苏乔在后面紧紧地抱着 Paul，生怕自己从车上掉下去，死得很惨。是不是太怕死了？可能吧，她可不想在美好的青春年华，便丢了性命。还没有结婚，没有生子，人生的路还有那么长，她还没有找到那个可以和自己携手，看世间繁华的人。

苏乔闭着眼睛，一直等上到坡顶，Paul 和他说话，苏乔才把眼睛睁开。眼前是一片平坦的路，右手边有铁门敞开着，Paul 拐进去，门口有几辆摩托车停在那里。可能是淡季，人并不是很多。

苏乔从车子上下来，看到几个初中生模样的女生，三两成群，分别骑着摩拖车，嬉笑着离开，令苏乔羞愧不已，自己何时变得如此胆小，还不如这些小女生。

苏乔看了一下四周，这是一个在半山腰的观景台，没有什么设施，只有一个立在那里的字母装饰物，像是给游客拍照用的。周围有木头围栏，将山崖隔开。四周是一片茂密的山林，有台阶向山林延伸开去。没有什么特别之处。

进门的位置，有一个布告栏，上面有一张很大的象岛观景地图，地图左边，排列着一些图片，是象岛比较著名的景点。其中有那个他们去过的瀑布。还有一些山和岩洞。在岩洞的图片上，有一个人被拍进去，看不清模样。

Paul 走过来，指着那个人说："อันนี้เป็นฉัน（这个是我）。"他指了指自己。

"真的啊？这个真的是你？"苏乔转头看他，无比惊讶地相信了。

Paul 嘿嘿地笑着走开了，想必是觉得这个女生实在是太好骗了。

"好啊，你骗我的是不是？"苏乔一下子感觉自己上当受骗了，追着 Paul，想要惩罚一下他。

追到 Paul 的位置，他站在围栏边，双肘架在围栏上朝远处望去。

苏乔随他的目光向远处望去，被那片迷人的景色吸了魂魄，她一下子安静了。围栏下边是茂密的树木，看不到下面究竟有些什么。近处的一棵树枝上，有一只蜘蛛结了网，在上面缓慢地行动，等待着猎物投怀送抱。从树木往下看，一直延伸到很深，隐约可看到房屋。越过这些树木的顶冠，远处是碧蓝的海，远远地可以看见小岛漂浮在海中央，缥缈而悠远，海面有几只船，悠闲地前行。

这片景色好像就那样在脑海里飘着，没有瑕疵。它勾了你的魂魄，让你变成海上的人。远看那座小岛，那么远，这么近，能清楚地看到小岛的海滩上，有人，有船，有房屋。一切都清晰可见。

这观景台的美，便在此。

苏乔拿出手机，给 Paul，让他给自己拍照。她想把这片海色留住，她想留在这片海色之中。照片里，她穿桃红色的户外雨衣，头上戴着摩托车帽子。她笑得开心的模样，倚在围栏上，背景是那遥远的海面，她的模样，盖住了所有的景色。

一个骑单车到观景台的男人，拍了远处的景色，然后请苏乔帮他在那个标志性的字母前面拍照，像是纪念骑车路过的里程碑。他笑着说"thank you"。

每个经过的人，来这里，记录下这一刻，证明些什么，也许只是证明，自己曾经来过，或存在过。

苏乔和 Paul 从通往山林的台阶往上走了走，幽暗的森林把整个半山笼罩，葱郁的暗绿色遮蔽了整个山间景致，台阶如同幽径直上，不知道通往何处。他们在半山的台阶上坐下，可以看到下面的观景平台。

苏乔把她买的山竹和榴莲拿出来。榴莲的"香气"飘散在整个观景平台上，让平台好像一下子就变得空荡，人们好似就那样消失了。观景台变得空空荡荡。

苏乔把榴莲拿给 Paul，Paul 摇头，可能不是每个泰国人都能享受这榴莲美好的气味。Paul 扒了几个山竹，递给苏乔，看着她吃得不顾形象的样子，笑出声音。

苏乔从背包里拿出牛皮纸笔记本，开始写东西，这是她的习惯，习惯于记录自己认为美好的东西。

Paul 看她的笔记本，那里写着中文，龙飞凤舞的，在他眼里煞是好看，和泰文不一样的文字，对他来说很神奇，透着不为人知的秘密。

苏乔看他的脸，告诉他，"我看到想记住的，都会写在这个本子上。无论开心的，还是不开心的。"

苏乔看他的表情，平静地听着，听不明白，也依然听着。苏乔笑了笑，翻到一页，指给他看，那上面有"Paul"的名字。她在本子上记录了这些天他们在一起做过的事情。

Paul摸着那泛黄的纸张上凹凸有致的黑色墨水笔的痕迹，轻轻笑着。

这里，有他的名字。这个女子，记住他的名字，在这个牛皮纸的本子上。

苏乔的指尖划过纸上的文字，和他的手指相碰。他的手指是冰凉的，修长的，骨节分明。

"今天，我和Paul去了瀑布，听说瀑布后面住着神，他会实现你的愿望，虽然没有看到瀑布，但我喜欢那里，有着美好传说的地方……"苏乔一个字一个字地读她写的东西，"我找了最好看的石头，有着三色花纹，整齐好看，有如手指大小，这也许便是我掉落的一部分，我用它向神许愿，希望这个男孩可以幸福，一定要幸福……"

有时候，人们总会相信那些并不熟悉的陌生人，会把很多事情讲给他们听，因为他们会带着你的故事，从你的世界消失。苏乔在这个陌生而熟悉的男孩身边，说着他听不懂的话，似是在向自己诉说，诉说她与这个男孩相遇的故事，诉说她和他看海的快乐，诉说她在瀑布时的感动……整个世界，只听到她说中文的声音，潺潺流水般，在这个观景平台间回荡，悠远流长。

Paul静静地听着，偶尔会听到自己的名字，他想象着本子上记录的故事，想象着这个女子究竟会怎样写他。他看她平静好看的侧脸，安静地，似已终老，这里有他们的山河树木，自成一方禁地。

他们在观景台一直待到落日的时候，看到海天一色，落日余晖，被阴暗的云朵，夺了光彩。天空开始淅淅沥沥地下起小雨，整个夜色笼罩过来，傍晚的光消失殆尽。

苏乔和Paul匆忙离开台阶，从观景台出去，风声夹着淅沥的雨声呼啸而过，打在帽子上，噼噼啪啪地响。

苏乔拥抱着身前的这个分享她故事的男孩，她把头伏在他的后背，雨滴将他的衣服打湿，车子沿着那条陡峭的山坡冲下去，苏乔感觉到心里是安宁的，就算这样冲下去，深不见底，也是安宁的。

夜色逐渐变得一团黑，路边的野草像是夜里的鬼魅，摇晃着。路上没有人迹，冷清荒凉，灯光照射处，雨水的影子，像是断了线的珠子。

他们路过那个水果摊的时候，雨下得大起来，经过那个二层楼的咖啡厅，灯光还亮着，他们在屋檐下的台阶上躲雨，店里空无一人，只有服务员在吧台后面寂寥地站着。

苏乔看夜色里越来越大的雨，拉起 Paul 进到咖啡店，店员兀自收拾着吧台，并没有招呼他们，想必这下雨的夜晚，没了什么客人，也便不需要过多的服务。老板在吧台的位置收拾架子上的东西，朝她笑了笑。

Paul 用纸巾帮苏乔把头发简单地擦干净，把脸上的雨水擦干，仔细地，安静地。

苏乔看着他，干净的眼睛，她安静地任他把雨水擦净，那样地幸福，和方子勋从未有过的动作。方子勋甚至连嘱咐一句"带伞"都不会说。苏乔不是一个矫揉造作的女人，她不曾要求过方子勋宠她溺她，可她却未曾想过，在这个小岛，遇到一个这般宠溺她的人，却是如此幸福。

Paul 帮苏乔擦干雨水，然后简单地把身上的衣服整理干净，用手把头发扒拉一下，让水珠甩了出去，甩到苏乔的脸上，她笑得发出声音。

Paul 去倒了一杯热水给苏乔，放在她手间给她温手，她的手指碰在他的皮肤上，依然冰凉。

他们在靠窗的位置坐下，看向窗外，漆黑的夜毫无光彩，咖啡店明亮的光照在玻璃上，闪烁着，窗户上映着苏乔的轮廓，雨水打在窗户上，噼噼啪啪地，哗哗作响。雨水顺着玻璃流下来，从玻璃上的影子上划过，模糊了视线。苏乔喜欢看玻璃窗上的雨水，像一种宿命的消失，有结束就有开始。

苏乔用手指抚摸着玻璃，窗外流过的雨水，好似从指间划过，冰凉渗进骨子里，就像 Paul 的手指温度。

苏乔想，如果是方子勋在这里，他们会不会在这雨夜窗前接吻，为这悲凉的夜，为他们在这里路过。不会的，方子勋不喜欢这种张扬，不会在这种公众场合为她擦雨，甚至在马路上牵手，他都觉得羞涩。可苏乔喜欢，喜欢一切情侣在大庭广众下做的张扬的事，一种热烈的爱情，像是一场热烈的烟花，绚烂夺目。她和方子勋就像是冰和火，苏乔是火，方子勋是冰，她总希望用自己的热量融化他，可这冰已结千年，天火难融。

"有你在真好，你就像这雨水，热烈而冰凉，从我的世界路过，再消失。"苏乔看着 Paul，在他干净的眼睛上亲吻，她怕错过了这好看的世界，错过这好看的眼。眼泪划过嘴唇，咸涩的味道，她用手揩掉，不想让眼泪弄脏他的脸。

Paul 羞涩而干净地笑着，他没有躲避，他承接着这个女孩给他所有的惊讶，不曾埋怨。他修长的手指在窗户上划过，和苏乔一样。他想感受她的世界，究竟是什么样子的，那里是不是有数不尽的悲伤和思念。他怎样才能走进那片悲伤，让她快乐。他们是不是不在一个世界？为何他看不到她的世界里究竟发生了什么？

他们就这样，默默地看着窗外，没有说话，各有所思。苏乔手里的热水已经变冷，外面的雨渐渐变小，又回复到淅淅沥沥的样子。

苏乔和 Paul 离开咖啡店，重新出发。

苏乔回头望这座二层楼的咖啡店，灯光在幽暗的夜里照耀着，像是一座黑暗世界里的城堡，变得格外耀眼。

他们埋没于那片暗夜之中，远离这片耀眼的光，远离了这座幸福的城堡。

14
上天怜悯不美好的爱情

　　Paul 把苏乔送回度假村，回去后发很多信息给苏乔，但很多翻译都不是很准确。苏乔看着他一条接一条的信息，心里说不出的感觉，好像就应该是这样，絮絮而语，平平淡淡。

　　Paul 告诉苏乔明天要晚一些找她，因为今天他逃班了，明天要把没做的事情全部做完。苏乔答应着。

　　他们之间的语言，只有他们才懂。

　　她喜欢这种笨拙而简单的表达方式，温暖而浪漫。那天晚上，苏乔在梦里，没有方子勋，没有蒋婷，她只看到了 Paul 那干净的笑容，在梦里安静地陪在那里。

　　第二天白天，Paul 就和信息说的一样，没有来找苏乔，他给她发了工作时的照片，似是一种亲密的交流。苏乔也给他发她自拍的照片，她把落在地上的鸡蛋花捡起来，插在耳朵旁边，整张脸占满镜头，阳光照在她头顶，散着绚丽五彩的光，她笑得和阳光一样耀眼。她把鸡蛋花放在嘴上，像是一个喇叭，娇艳如花。

苏乔第一次来到这个国家，就被人告知，鸡蛋花可以戴在耳朵旁边，鸡蛋花也叫缅栀花，它的花语是"孕育希望，复活，新生"。泰国人称鸡蛋花为 Lilavadee，意思是形容优雅的姿态，同时也代表一种独有的内在美，隐藏着爱与和平的意思。在苏乔眼里，这花象征着幸福，这个国度的每一个人都在这种和平幸福的生活中，安逸而行。

苏乔自己骑摩托车在岛上的一些海滩上转着，看这个被海囚困的小岛，看海水，看海滩，看她喜欢的海天一色。

泰国东部是一个人烟稀少的地方，其中很多小岛，没有固定居民，也绝少有游客涉足。象岛上的泰籍居民，以前多以捕鱼为生。关于象岛最著名的历史事件是一场海战。1941 年，当时统治越南的法国海军曾在象岛附近海面上与泰国海军打了一仗，最后法国海军被赶走。现在，岛上建有纪念这次海战的博物馆，近两年开始陆续有很多外国游客慕名而来。苏乔只是看了一眼那博物馆便离开了，她对这种历史上的纪念之地总有种排斥，不想看那些被后人杜撰了的内容。

她来到白沙滩，这是她第一次白天来到这个海滩，这里的阳光甚好，沙滩的细沙泛着微光，显得格外明亮。路过一个酒店，在沙滩上装饰着鲜花的拱门，摆放了白色的、系着白色玫瑰花朵丝带的座椅。人们陆陆续续在那里坐下，在宾客对面，有一排穿着黄色僧袍的僧人，他们跪在一个黄色的长台上，双手合实，念经祈福。过了一会儿，一对年轻的新人，男人是金发白人，女人是泰国人，头上插了一朵黄色的鸡蛋花，再无其他装饰，竟显得优雅大方。

他们延着花瓣铺的路走过鲜花拱门，走到面对僧人的座位上，有人给他们在手上牵了一条白线，在泰国，这代表着纯洁和祝福。他们双手合实，宣言发誓。然后他们热烈地拥抱亲吻。

人们不断鼓着掌，旁边有人抱着一个 1 岁左右的小孩，混血的模样，像个洋娃娃。这位新娘接过孩子，他们亲吻小孩，互相亲吻，可以看见丈夫和妻子都流着泪，笑得幸福美好。

没人知道他们究竟经历了什么，也不知道未来会怎样，只是此刻，每个人都在这里默默地祝福。

苏乔想起了方子勋和蒋婷，不知道他们结婚的时候会不会邀请她去。如果邀请了，她又会不会去呢？她依然看不清自己，看不清她和方子勋的感情，究竟落魄到何等境地。

苏乔在旁边看完他们的婚礼仪式，服务生给她端了一杯果汁，她看到新人举起酒杯，和大家一起共饮。

她笑得流出眼泪，祝福他们，为他们干杯，这也许就是幸福。

她从地上捡了一朵鸡蛋花，插进发间，清雅动人。

苏乔离开白沙滩，略过孔抛海滩，一直往南，跨过岛上最险的急流海域，来到 LONELY BEACH（孤独沙滩），由于越往南，人烟越稀少，寂寥荒芜的感觉充斥着整个孤独沙滩，这里是那些极度渴望大海的寂寞背包客的天堂。

很多外国人，成群结队地来到这里，便宜的小酒店和小茅屋到处都是，小商店和餐馆都位于公路的两旁，酒店则建在丛林和椰林当中。这里的风景和白沙滩、孔抛沙滩都有所不同，这里未经改造的海岛风情是吸引背包客的最大原因，他们光着身子，带着 Ray-Ban 墨镜，走在沙滩上，肩膀的皮肤晒得爆了皮，依然笑得灿烂。还有一些人带着伴侣，牵着手，漫步，休息。在海边游泳，到公共卫生间冲凉。

苏乔经过一些嬉皮士居住的旅馆门前，那里聚集着装束邋遢的嬉皮士和皮肤黧黑的当地男人，走过去借个火或者搭讪几句，都是很自然的事情，这里喜欢流浪的气息，离开的时候，会听到身后响起的口哨声。

这个海滩要比孔抛海滩热闹很多，这里的人随性、友好、行止古怪。

长滩坐落于象岛的南部，距离莎拉佩湾不远。这里不仅适合游泳，还有良好的视点可以眺望象岛的 Naval Battle 和其他岛屿，苏乔在这里看海水和日光。

她在海滩上写字，写自己的名字，写方子勋的名字，写蒋婷的名字……海水冲上来，把名字一块带走了。然后苏乔又写自己的名字，写 Paul 的名字，像那些情侣一样，画大大的心形，圈住名字，就像圈住他们的心一样。海水冲了一半便退却了，留下一半残缺的图案，显得破碎不堪。上天也许是怜悯，这美好的时间中碰到的不美好的爱情。

继续往南，到最南边的一个小渔村，大家称这个地方为 BANG BAO。这个渔村的商店、餐厅都开在两侧的水上屋中，中间长长的通道是通往码头的必经之路，在木头的通道上，树立着各方指向的指示路牌，出海游以及到周围各岛的船都从这个码头出发。渔村港口五颜六色的船只，让这个小渔村铺上了七彩的光，很多人在这里上船，去他们要去的小岛。各种帅气的、好看的人，在这里来来往往，这条彩虹一般的港口，热闹非凡。

苏乔就在这个临海而居的小岛盘山路上下地穿梭，海风吹在路边翠绿茂密的森林，哗哗作响。

中午，她在有名的红树林餐厅，吃柠檬鱼、冬阴功，看并不红的红树林。晚上，她在 BANG BAO 的水上餐厅点海鲜拼盘，海鲜炒饭，可以把脚放进水里，戏水而食，逍遥自在。

苏乔骑着摩托车，漫无目的，走走停停，看这个狭长的小岛上每一处风景。看那些幸福的人们，笑得灿烂的脸，她会想起 Paul，想起他笑得好看的样子，想起他明亮干净的眼睛。她发现自己开始渐渐地没有那么想念方子勋。这个人在他的印象中逐渐淡化，就像他一直以来的感情，冷漠平淡。

也许，方子勋只是在她生命中出现的过客，不会长久，你接待了他，便留下了他。不久，他离开了，没有得到，便显得格外好，其实，他只是刚好路过了你，遇见了她，而已。

晚上快 9 点的时候，Paul 结束了工作，来找苏乔。她从外面回来，看见 Paul 站在度假村门口的墙边，低着头，看着脚面，安静得不忍去打扰，应该是等了一会儿了。

苏乔上前打招呼，"你怎么不发信息给我？"她指着手机，打开 Wechat 问他。

他挠着头，说："กลัวเย็นแล้วเธอไม่ว่าง ฉันอยากจะเดินเล่นแถวนี้หน่อย（我怕太晚，你不方便，想在这等一会儿就走）。"他用手机翻译给苏乔看。

苏乔笑着说："没关系。准备去哪玩吗？你吃饭了吗？我刚吃过，怎么办呢？"苏乔噼里啪啦说了一堆，才发现 Paul 在那静静地听着，不知所谓。

"哦，哦，对了，你听不明白。我是问你吃了吗？"苏乔比划着吃饭的样子，指着他的肚子问。

Paul 笑着，拍拍肚子，点着头。然后他说，"เราไปเล่นบาสดีไหม（我们去打篮球，好吗）？"

苏乔看着他比划着，然后看他在机车上挂着篮球，知道他要去打篮球。苏乔点点头，把摩托车停回去，然后坐上 Paul 的机车，跟着他在夜色中，奔去不知何处的篮球场。

篮球场很小，有着微弱的灯光，地面是简陋的水泥铺设的，已经很久没有修整过，有的地方已经开始有水泥脱落的坑洼。因为太晚，已经没有人在这里表现英姿飒爽的灌篮姿势。

晚上下了一阵小雨，散了白天的热气，地面的水被蒸发，有升腾而起的雾气，在夜色里显得云雾缭绕。在那雾气中，Paul 独自一个人，穿着黑色 T 恤，黑色短裤，在篮球场里跳跃，奔跑，大汗淋漓。没有什么名牌，没有那些为了运动而买的一大堆讲究的装束，只是简单随意地。在他这里，看不出浮躁，看不出欲望，一切都是生活中最平淡的事情。

苏乔在篮球场的边缘看他投篮，运球，奔跑，时间缓缓流淌着，夜色下的这个身影，让她的目光跟随。她不知道自己是不是对这个男孩有了心动的情愫，只是感觉一切都是岁月正好的样子。

Paul 投了一个球进篮，收了球，用手背擦着额头的汗，笑着朝她走过来。他说："ไปเล่นด้วยกันไหม（一起打吧）。"

他们的交流变得不需要懂得语言，苏乔知道他在说什么，她摆手，说："我不会打篮球。"她记得自己高中的时候，体育项目都还不错，除了篮球，她学不会三步上篮，学不会转身闪躲，学不会胯下运球，好像这个运动，根本不眷顾她的体育天分。

Paul 笑着拉她到篮球场，然后教苏乔运球，投篮。不过苏乔充分印证了她的篮球细胞是如何不济，不协调的动作，频频踩着 Paul 的脚，甚至手脚同步，惹得两个人都笑得肚子痛。Paul 对改变苏乔的篮球细胞也无能为力，苏乔最后只能在篮球筐下，原地投篮，倒是准确度很高。

运动之后，身体的汗排出体外，让身体里的毒素散出，整个人的身心都变得轻松。苏乔舒畅地伸开双臂，夜晚有风吹过，吹在流汗的脸上，凉凉地，很舒适。

他们在篮球筐下席地而坐，聊天，说着互相都听不懂的话。

她说："你相信缘分吗？我开始相信，路过的人之中，总有离开的，也总会有为我留下的。"

苏乔挽过他的胳膊，把头枕在他的肩上，可以闻到他的汗水味道，有着男人荷尔蒙的气味。Paul 坐在那里不动，把肩膀保持着她正好的位置。

　　他们一起看辽阔的夜空，看这片夜空里的星星。这里的夜空没有被污染的空气遮掩，没有照得通明的霓虹灯，夜空像泼了深蓝色的墨汁，蓝丝绒一般的柔软高贵，映衬着闪闪发光的星辰，棱角分明，每一颗都像一颗完美的钻石，点缀着这片好看的夜空。

　　"这片天空很美，你是不是很喜欢这里的天空？我也很喜欢。"苏乔兀自说着，她抬手指着天空的星星，"那里是北斗星吗？那里就是回家的方向。"

　　"不知道巨蟹座在哪？是不是这里的星星和中国的不一样呢？"

　　在这片夜空之下，一切都变得烂漫，苏乔将头倚在他的肩头，Paul 牵她的手，他们静静地欣赏这片月色，怕错过了这夜晚的美好。

15
独揽山岚朝夕，看过一年四季

接连两天周末，Paul 都休息，他约了苏乔去爬山。

他早早地来到度假村门口，像以前一样，安静地站在那片围墙下的树荫里，默不作声，就像这个世界不曾有这个人，他只是在这里静默地等待着他想见到的人。

象岛内陆的雨林让很多来这里的探险者和背包客喜爱至极。在这里你可以穿行于美丽的苍茫群山中，饱览苍翠的热带雨林。岛上有几条景色漂亮的徒步路线，小岛上的向导可以带领着游客进山。

由于雨林气候温差很大，到了中午就会很热很晒，所以一般徒步者都要趁早晨凉快时进山。Paul 带苏乔走的路线不是旅行线路，他们在南端的山，找了一条进山的路。这里的路不像那些旅行线路平坦好走，雨林里的树木茂密，杂草和藤蔓植物缠绕着，纷杂不清。

苏乔很少徒步爬山，虽然体力还可以，但走在这种路上，终归体力消耗过大，走了没一会儿，就已经开始呼哧带喘，大脑缺氧。

背着书包在前面带路的 Paul 停下来，伸出手，等她。

苏乔把手伸给他，被他用力地带着，一前一后，向上攀行。

苏乔看着身前的 Paul，穿着红色格子衬衫，背着黑色双肩包，简单的布鞋，没有任何登山装备，只是最简单的装束，在这山林间带她穿梭。这个干净简单的男孩，让她发现不一样的世界，没有品牌，没有奢侈品，没有狡诈，没有炫耀，一切都很平淡，随遇而安。这么多年在时尚圈里变换着自己的人皮面具，已经让整个身体都被虚伪遮得密不透风，心累得喘不过气，而这个男孩，在这里，让她心里出现从未有过的安宁。

这里的雨林确实就像电视里看到的那种外国夫妻探险的雨林一般，到处有着不可预知的事情发生，可以看到猴子在林间穿梭，也可以看到巴掌大小的黑色蜘蛛，当然也有苏乔最害怕的蛇……

进到山里后，苏乔逐渐领略了奇趣的动植物和自然景观，于是，Paul 的耳边经常出现苏乔的各种声音，因为害怕而大声的"啊"，因为兴奋而感叹着"哇"，因为开心而发出"哈哈"的笑声，让 Paul 领略了中国丰富的语气词。

一路上，Paul 一直没有放开苏乔的手，他一直拉着她，让她省了不少力气，也不至于迷了路或是因为什么害怕的东西而慌了神，苏乔从未有过的安全感遍布全身。

阳光逐渐升到正空，晒在树林间，影影绰绰地照在头顶，闷热的空气在整个雨林间流窜，让人呼吸都变得困难。

Paul 在一处平地处，把身上的格子衬衫脱下来铺在地上，让苏乔坐下，自己在旁边的一块石头上就地坐下，然后他从书包里拿出水和面包给苏乔，是泰国人经常吃的那种切片面包，抹上黄油，单独包装。

苏乔确实有点饿了，三两口就把那片面包塞进嘴里。Paul 又递给她一个，还是被她狼吞虎咽地吃下去。一下子感觉噎得难受，Paul 把矿泉水的瓶盖打开，递给她。笑着看她狂野的吃相，说："ค่อยๆกินเราพักผ่อนแถวนี้ก่อนเดียวค่อยไปต่อ（慢点吃。我们在这里休息一会再走）。"

Paul 离开了一会儿，苏乔想着他应该是找地方方便去了，她坐在那里，把牛皮纸笔记本拿出来，开始记录这一路所见的有趣的动物和那些不知名的植物。用简单的线条画那些植物的样子，她想记住这里所看到的东西，记住这里潮湿而温暖的记忆。

猴子在枝头叽喳地叫着，苏乔看着猴子好笑的表情。她以前在巴厘岛的时候见过一次猴子，那里有很多人，猴子根本都不怕，肆无忌惮地游荡着，抢着游客身上的东西。而这里的猴子要小心谨慎许多，也许是这里的人群出没较少，猴子探出头，看着她手里的本子。

就在苏乔想着，这个猴子还算规矩的时候，只见猴子一下子冲下来，抢走她手里的本子，然后又窜回树上，叽喳地叫着，兴奋的样子像是炫耀着手里的战利品。

苏乔一下子跳起来叫着："喂，喂，还给我。"

Paul 这时候正好拿着一根棍子回来，看见苏乔喊着，苏乔指着树上的猴子对 Paul 说："我的本子，本子。"

猴子好像看出苏乔叫 Paul 帮忙，转身跳到了另外的树上，Paul 看到猴子手里的东西，转身去追那只猴子，苏乔在后面一下慌了，"哎，等一下。"她拎起 Paul 的书包追了上去。

他们追出去了一段路，进入到没人走过的林地杂草间，很难行走，逐渐停了下来，Paul 的胳膊被草木划了很多道小口子，渗着血。苏乔拉住他，摆着手说："算了，别追了。"

Paul 并不甘心，他知道那个本子对苏乔来说很重要。而且，那里，有自己的名字，有自己和她的故事，他不甘心，他想去追回来。可是路很难走，他和苏乔的体力消耗都很大。

他停了下来，把苏乔手里的书包接过来，然后把手里刚才在别处找到的棍子给苏乔，他其实只是看苏乔太累，去找一个结实的树枝可以让她当拐杖，省一些力气，没想到猴子竟然钻了空子。

他们又朝猴子逃走的方向追了一段路，没有发现那个猴子，他们便放弃了追寻，看了一眼周围，没有发现进山的主路。苏乔有些慌了神说："完了，都怪我，我们好像迷路了。"

Paul 看 着 她， 微 笑 着， 那 么 安 静， 他 说："ประโยคที่สอง: เราแตกต่างออกไปจากถนนไปสู่ภูเขา, และอาจจะต้องเดินในขณะที่ทาง（我们偏离进山的路了，可能要走一会儿才能找到路）。"他把手伸过去，牵着苏乔。

苏乔看着他胳膊上的伤口，有一个树枝划的伤口比较深，血还在渗出来。她赶忙翻找着包里的创可贴，上次摔伤的时候 Paul 买给她的，她一直在包里放着，"还好剩一个。"她把创可贴撕开，贴在 Paul 的伤口上。

Paul 看着胳膊上的创可贴，笑得幸福。他看了一眼苏乔裸露的手背上，有一道新划过的伤口，他把胳膊上的创可贴撕下来，仔细地贴在苏乔的手背上，说："ฉันไม่ต้องการ（我不需要这个）。"

苏乔赌气地哭了，气自己不争气把本子丢了，气他们认识不到一个月，可他们一起经历的却比她和方子勋三年的时光里都多，方子勋一辈子都不会做的事，这个男孩都为她做了。

他们就像认识了一辈子，只是他们忘记了上辈子的事，这辈子重新开始。

Paul 递给她纸巾，苏乔破涕而笑。可 Paul 却哭了，他那从未变过的有着笑容的脸，哭了。他不想让苏乔哭，可是，总也办不到。苏乔丢了那个本子，他丢了那个本子上的名字，他却没有办法把那个本子找回来。

纪伯伦曾经说过：和你一起笑过的人，你可能把他忘掉。但是，和你一起哭过的人，你却从不忘记。

苏乔用手背帮 Paul 擦眼泪，胡乱地擦，她不知道该怎么做，这个在她面前只会笑的男孩，眼泪弄脏了他的脸，让她心痛，慌乱。

"对不起，对不起，是我的错，我把衣服忘拿了，要不然你也不会划伤胳膊。"

"你不要哭，我错了，我不要那个本子了。"

"我们……"

苏乔胡乱地说，她不知道，究竟他为何而哭。

苏乔踮起脚，在这个树影斑驳的森林杂草间，亲吻着 Paul 的眼睛，她尝到那咸涩的眼泪，直穿过喉咙，让她哽咽。

Paul 抹掉眼泪，转过身，然后再转过来，微笑着。

他牵起苏乔的手，在杂草和树丛间穿梭。阳光逐渐从正午的位置下滑，掉到了半空。Paul 知道，他们必须要在天黑前走回正路。

他们在静谧的山丛间穿梭，他们的心都在起着波澜，他们知道，已经深陷彼此的心，不能抽身。

苏乔看前面牵着自己，不曾放手的男生，这个男生，有着和年龄不符的成熟担当，他把做的每一件事，都当成是自己的责任。也许，这就是自己需要的那个男人吧。

他们就这样一前一后地走着，Paul 不时地回头看看苏乔，笑着。他的笑容总能让人很安心。

接近傍晚的时候，苏乔不小心踩空了一块石头，把脚崴了一下。Paul 帮她揉了半天，用"万能药膏"给苏乔涂在脚踝处，但还是肿了。Paul 蹲下来，让苏乔爬到他后背上，苏乔不好意思地爬上去，他的背在这个冰凉如水的夜里更加冰冷，却很踏实。

天色逐渐暗了，光线开始收敛着光芒，周围开始有鸟叫虫鸣的声音穿进耳朵，让苏乔开始紧张，手机完全没有信号，如果他们走不出去的话怎么办，他们什么露宿的装备都没带，该不会在这可怕的山林里被野兽吃掉吧。她问 Paul："这里有老虎、狼或者狗熊什么的吗？"

Paul 背着转头看她，不知道她在说什么，苏乔装了几声猛兽的吼叫声，Paul 说："ฉันก็รู้อาจจะมี（我也不知道，也许有吧）。"

"啊，你说什么呢？是有还是没有？"苏乔不知道他究竟说的是有还是没有。姑且就算没有吧，老虎多珍贵，哪能随便出现啊。

一直到天色很暗，Paul 背着苏乔已经快没了体力，步履蹒跚，苏乔一直要求下来走，Paul 都没有放下她。她听着 Paul 的喘息声，心里泛着疼痛。

苏乔快要绝望了，她开始害怕这片神秘莫测的古老雨林，各种叫声充斥着耳朵，让她瑟缩，紧紧抱着 Paul。也许今天就要和这个男孩葬身在这片黑暗的雨林了，可能是老天觉得他们应该这样在一起吧。正想着，忽然 Paul 小跑了几步，苏乔不知道发生了什么，抬头发现，不远处有一片空地亮着光，那里好像有人在说话。

苏乔挣扎着从 Paul 的背上下来，欢呼雀跃地蹦跳着朝那里走去，是几个外国的探险爱好者，他们搭起了帐篷，有人在生火煮水，泡面，面条的香味充斥着苏乔的鼻子，肚子咕噜噜地叫起来。

苏乔像很久没见到人一样，手舞足蹈地和其中一个外国女人说她为了追猴子迷路了。外国女人听完噗嗤笑了，然后介绍其他几个人和她认识，并邀请她加入他们，晚上可以和她一起睡在帐篷，明天一早可以登顶。

苏乔看了看已经暗下来的天色，又看了看在一旁一直没说话的 Paul，她点点头，答应了。

晚上，苏乔和他们聊天，一晚上，Paul 没有再说话，也没有人和他说话，可能是听不懂的原因。Paul 一直笑着听苏乔聊天，看她手舞足蹈的样子。

因为要早起看日出，他们很早便睡下了，苏乔和那个女人睡在一个帐篷，她看着 Paul 和另外的一个男人进了帐篷。

第二天一早，天没亮的时候他们便起来出发了，苏乔和 Paul 跟在探险队伍后面，一起爬到山顶，其实他们已经离山顶不远了，他们爬到山顶的时候，正好看到日出的景色，苏乔跟着那些人一起在山顶欢呼。

她抱着 Paul 兴奋地呼喊，像劫后余生，看那日出绚烂的红色，染红了天际，把整个山川海洋埋葬。

多么想一直这样，和身边这个为自己哭、为自己笑的男人，每天独揽山岚朝夕，看过一年四季。这也许便是自己向往的生活。

16
我在佛前许你幸福

苏乔和 Paul 接近中午的时候跟随着那些登山者下山。整片整片的热带雨林，阴凉的树荫，恍恍惚惚的光线，照射在潮湿的地面，一地的草木葱茏。

在路上，队伍里的一个探险者在草丛里方便的时候，发现一本牛皮本子，翻开看里面是中文字，他拿给苏乔看，苏乔兴奋得跳起来。真是"踏破铁鞋无觅处，得来全不费功夫"。没想到她和 Paul 追了半天的猴子，把自己弄迷路了，也没有追回本子，如今却被轻而易举地在"草丛茅厕"里发现了。

苏乔告诉他们，这就是她那本被猴子抢走的本子，引得大家哈哈大笑。本子被撕坏了几页，应该是猴子撕的，想必发现这本子也没多大乐趣，便也就扔掉了。

下山的时候已经是接近傍晚的时间，分别时，那个探险的女人告诉苏乔，她们住在孤独海滩的旅馆，会在岛上住一段时间，如果有时间，可以去找他们玩。

苏乔答应着，开心地和他们道别，这些人便是她生命中的过客，匆匆而过，缘分使然。

Paul 带着苏乔在山下找到摩托车停放的地方，他们在那沿海的盘山路上，疾驰而过，苏乔抱着 Paul，头伏在他的背上，风穿过他们的肩头，风声在耳边呼啸着，也许，这个男人便是她这一生的引渡者，他们之间有一种说不出的东西，牵引着彼此。

下山之后，Paul 每天都会抽出时间，在早上或下午休班的时候，来度假村门口等苏乔，带她到小岛上的一些有名的、没名的地方去玩；吃当地的一些叫不上名字的小吃，好吃的、不好吃的，就像是这个岛上的居民一样，平凡而简单地生活。

他们去丛林骑越野车，越野车从雨林中崎岖不平的山路上冲下来，刺激得让苏乔大喊大叫，差点从车上摔下去，却依然不改找刺激的本性。

他们去大象营骑大象，这里的大象都是一些从工作中"退休"的大象，偶尔有些年轻的象。大象会走下水徐徐前行，撩水嬉戏。Paul 就坐在苏乔的身后，保护着她，这个动作让苏乔没有了对水的恐惧，变得肆无忌惮，湿透了一身衣衫。

他们到 BANG BAO 的港口，划船。去到周围人烟稀少的小岛上，看那三两人，在小岛上卿卿我我。他们痴痴地笑，坐在海边，听海浪翻涌的声音，听海鸥划破天际的鸣叫，他们就像那些恋人，在这里相依而看潮起潮落。

他们去那半山腰，看岩洞。看那个照片上出现的那个人的位置，嘻嘻哈哈地笑，笑那观景台上低劣的玩笑，苏乔才不信照片里的人是他，可谁又会知道那个人是谁。

　　他们坐着皮卡车在蜿蜒的公路上飞驰，苏乔依偎在他的肩头，闭着眼，感受着海风夹杂着咸涩的腥味吹乱了他们的头发，耳旁隐约传来车里放着的 HIP-POP 音乐，整个海岛气息弥漫全身。

　　他们去浮潜，坐船去到海中央设置的浮潜区，那里水质清透，戴上面罩，把头埋进水里，可以看到五彩的鱼儿，在周围游来游去。她的手一直牵着 Paul 的手，她知道，他不会放手。她也不清楚自己为何如此相信，这就是宿命。

　　他们租了船，去游览象岛周围叫不上名字的小岛，看人们在海水里游泳、浮潜、海钓，喂猴子，他们在船上吃钓上来的海鱼和捞上来的海螺，不亦乐乎。

　　他们在没人的时候，在观景台看海天一色，听风起雨落。他们大声地呼喊，他们喊自己的愿望，喊自己的快乐或不快乐，他们喊着彼此的名字，声音消逝在远方，他们看向彼此，记下这一瞬间的面容。

　　他们走很多观光客走的山路，在山顶找平坦的地方席地而坐，看日落，看日出。夜里的寒冷，让他们相拥而眠。

　　在这忙忙碌碌却快乐的日子里，游荡着。一晃过了半个多月，苏乔重新续了酒店房间，134 号房像是她在这里一个固定的记号，不想离开。

　　方子勋发过几次信息，都在瞬间撤销，苏乔不知道方子勋究竟要说什么，或者只是发错了。而蒋婷，却经常在朋友圈里发去哪里玩的一些照片，照片里总照进去自己牵着的一只手，虽然看不到脸，但苏乔认识，那是方子勋的手。她曾经那样地想在街上牵方子勋的手，却总是被拒绝，而今，他却轻而易举地牵着蒋婷的手，如影随形。

　　终究，方子勋是不爱她的吧，所以便错过了。

　　还有几个关系不错的同事，发微信告诉她，最近蒋婷在办置结婚的东西，还从国外定了婚纱，价格不菲。这些，苏乔看过，便删掉了，她不想知道这些。她想，就这样算了，安静地，让这段感情成为过去，多好。

每次到泰国，苏乔都会到寺庙里走一走，她带着佛牌，背后的经文纹身，都是她对这个佛教国家的尊重，她相信，寺庙可以让她看透很多看不透的世俗之事。

她和 Paul 一起去岛上的寺庙，金色的佛像，让苏乔的心，生了五味杂陈。

她回想蒋婷所做的事，也许，她只是生了嫉妒的心，才做了攻击别人的事。也许蒋婷只是希望自己比别人更优越，那种存在感，让她通过抢夺别人的地位和感情而获得了。

她回想方子勋，从认识到现在，方子勋并没有说过"我爱你"三个字，他总是说，这三个字太肉麻，只要心里明白就好。

在这威严的佛像前，苏乔开始学会包容，学会谅解。

她应该学会放下过去，珍惜当下的每一刻。生活就是如此，不会重返也不会复制，即使穿梭回去，也应是另一种结果，也许是她抢了蒋婷的未婚夫，也未尝不可。

她在寺庙里跪拜，祈福，没有心愿，只是那样静静地，寻求一方安宁，听任时光溜走，她在这里，安静地。

夕阳西下，暮天的晚霞正好照在寺院里，精致动人的寺院变得安静，不徐不缓的凉风吹来。

苏乔和 Paul 在寺院的台阶上坐着，到很晚。寺庙的夜，静谧而平和，他们能听到彼此的呼吸声。

月亮很美，又圆又亮，洒落着银光，落在他们身上，苏乔看着 Paul 的灼灼光华，流转而至。就像是她未曾见到的滩玛咏瀑布，光从上面飞流而下，照在那瀑布后的神像上，熠熠发光。

苏乔轻轻细语，对他，也是在对自己，讲这个即将 31 岁女人的故事。

　　她说："我和一个男人在一起3年，和一个女人在一起5年，加在一起有8年，用8年的精力去爱，去关心，去照顾，最后，我被抛弃了。"

　　"他们牵着手，到我面前和我说，他们要结婚了。我没有哭，我不恨他们，我只是想离开那里，那样，对我们来说都不会痛苦。"

　　"我离开那个公寓，我和他一起在那里朝昔相处3年，我还记得我们一起找到那个公寓，整面的落地窗，夜晚，我们在那片玻璃窗前相拥，看窗外车流川息，流光溢彩，这是我们一直在寻找的房子，我以为我可以和他相拥到老，那片夕阳会一直在那里。可我还是在那个凌晨离开了那里，我把钥匙留在桌子上，关掉灯，房间黑暗一片，那里没有人，他已经很多天不回那间房子了。"

　　"我辞掉了我的工作，那个坚持了5年的工作，是蒋婷介绍我进去的，那个温柔、善良、岁月静好的姑娘。我们是最好的朋友，一起吃饭，一起逛街，一起聊天。我们或哭或笑，我们在一起聊未来，聊男人。聊那个我曾经很爱的男人。我告诉她这个男人叫方子勋。她说，这个男人不错。但我们依然相约，到老了，依然可以携手在街头逛街，吃甜点，我们是这辈子最好的姐妹。"

　　"我离开那座城市，只是想忘记那里的一切，忘记那个宿命里无法逃脱的女人，忘记那个在生命里悄然而至的男人。顺其自然，反而觉得心安了许多。"

　　"我现在依然会想那个男人，想我们在一起的那些日子。可我忽然觉得没了可想念的理由，也没有了想念的欲望。我能感觉到，连那种想念，也开始慢慢消失。我不知道自己没有了这份想念，还剩下什么？我们之间也许什么都没了。"

　　"其实，他和我提出过结婚，他没有求婚，只是和我说，家里人希望可以结婚，我们都到了结婚的年纪，便该结了。我拒绝了。我以为他和我一样，还不想这么早便结束单身的生活，只是为了应付家里的催促。可能是我太自私了，如果我答应了，现在我们应该还会在一起吧。"

"情爱这事，没有什么道德可言、对错可分。不爱了便不爱了，恨也是因为太爱。我不知道，我们究竟是否爱过，也许，我爱的不是他，我只是爱有他的那段时间。"

苏乔开始哭泣，开始遗忘，忘记曾经的一切，像电影倒带，应接不暇地从脑子里消除了，从模糊到没了印象。曾经那样清晰的痕迹也可以消失不见，所以，痕迹，终归只是痕迹，无法长久。很多事情，人们总觉得可以永远地存在，可永远这个词，永远都未曾出现。

她用手擦眼泪，眼泪无声地流，怎么都擦不干净，好像是记忆从眼睑里汩汩地流出来，哭脏了脸。

Paul 拥抱着苏乔，不说话，泪水打湿他的肩头，打湿他的心。他抱得更紧，他希望自己的拥抱可以让她没有那么伤心。

他们拥抱，他们彼此入了对方的心，在这寺院的月光下，像是雕塑的影子，久久不能分开。

爱情是一场罪孽，需要这殿前的佛像，普度。

苏乔在这佛前许愿：方子勋，希望你可以就这样幸福下去，不要让我此时的悲凉变得无用。

17
世间总有一些无法做出的选择

从寺庙里回来之后，接连两天，Paul 都没有来找苏乔，也没有音信。苏乔忽然感觉慌了神。第二天很晚的时候收到 Paul 的信息说，"สองสามวันนี้มีเรื่องนิดหน่อยไปหาคุณไม่ได้（这两天有一些事情，不能去找你）。"

苏乔松了口气，至少他没有什么事情，她没有问 Paul 到底什么事。她在路过盖的酒店时，去餐厅里想找他问问，可语言障碍让她一直没问清楚盖究竟在不在，便放弃了。

她自己一个人去那些海滩边的躺椅上晒太阳，不知不觉地睡着，醒来，看夕阳余光，晚上去吃晚餐。

西边的海岸是观赏日落的最佳场所，每到傍晚，整片海湾椰风徐徐，沿着柔软的沙滩散步或坐在餐厅的露天摇椅上神游，曼妙异常。可苏乔最喜欢的是 BANG BAO 最东边的海滩，那里可以看到美丽的晚霞，看幸福的情侣在晚霞中身影婆娑。

当太阳照耀海面的时候，苏乔想起 Paul，看他在那波光粼粼的海面上，笑得纯净；当夜色爬上枝头，苏乔会想起 Paul，在那月光深处，笑得开心；当她望向窗外，她可以看到树枝在风中轻轻摇摆，像是 Paul 说着她听不懂的话；闭上眼睛，唇边挂着微笑，她看到 Paul，就在她的面前，轻轻地笑。

苏乔曾经听过，如果，你无时无刻地想起一个人，吃饭的时候想，睡觉的时候想，走路的时候想，也许，你便已经爱上这个人。

苏乔不知道自己究竟是不是爱上 Paul，她只是想念这个陪自己渡过孤独和悲伤的男人，在这十里孤岛之中，种了一颗爱情的种子，结了一方爱情的田。

恍惚地过了三天，Paul 一直没有再联系她，就像凭空消失了一样，毫无痕迹。苏乔想去他工作的地方找他，竟想起，她从来未问过他在哪里工作。这让苏乔感觉害怕，就如同做了一场梦，从未发生过任何事一般。

第四天早上，苏乔在酒店餐厅吃了早餐。一个外国男人，大约 40 岁的光景，和妻子、儿子在餐厅吃饭，就坐在苏乔旁边的桌子。男人不时地望向苏乔的方向，她能感觉到那种灼热的目光，她转头看他，他会急忙把头转走，和他的儿子和妻子说话。

吃完饭，苏乔沿着海边散步，看早晨这片海岸的寂寥安静，看远处阳光点点的海面，似是无动于衷地看这世间一切。

那个外国男人带着儿子，一路随她在海边散步，但他一直就是这样跟随着，没有找她说话，也许是因为身边有儿子的缘故。苏乔在返回的时候，和男人面对着擦身而过。男人眼神流转，看着苏乔，转身打算跟随，却看到妻子来找他们，于是，他们便相携继续前行。

苏乔转头看他们在阳光下的身影，看似幸福的家庭，在他们经营了那几十年的婚姻后，变得寂寞难耐。婚姻究竟是什么，牢笼？坟墓？还是爱情的终结？

路过面朝大海的泳池边，苏乔看泳池边躺椅上的情侣、夫妻、母女、父子，热闹地，在这个夏至，来这里度假。

这里，看尽了一世繁华，却不曾看透一世寂寞。

苏乔回房间的时候，发现旁边那间一直空着的房间有晾晒的衣服，许是有了新房客。

她回房间把洗了的衣服拿出来在阳台的晾衣架上晾好。转头，坐在木质的椅子上抽烟。看对面那些有人进出的房间，想那些人的故事。

旁边房间的房客回来，竟然是那个"幸福"的一家三口，那个男人看见苏乔，这个在餐厅里一直追随的女子，竟然就住在他的隔壁，三尺之遥。他等妻子和儿子进房间，他在阳台栏杆处站着，没有进去。可他一直没有和苏乔说话，就是那样看着这个美丽而沉静的女子。

苏乔抽完烟，站起来看着他，对他笑着点点头，便进了房间。

这样的一面之缘，也许是这个男人后半生唯一可以背叛家庭的行为。

爱过，便是一世的安稳。

爱情，不需要那么奢侈，就如同我们的快乐，也许来自于很微小的事物。

睡了一觉，夜色已深，苏乔起来洗了脸，清醒了一会儿。查看手机，有未读消息，竟然是 Paul 发了语音信息给她，是盖的声音，他说，"Paul 晚上 10 点去接你。"

苏乔一下子蹦起来，感觉心里无比悸动，自己竟然如此想念他。她此时发现，自己很怕就这样没了他的音信。

她认真地化了妆，来这里之后最郑重的一次化妆，她找出那件有着绸缎光泽的孔雀蓝吊带长裙，一直到脚踝。她穿那双有着镶钻的蝴蝶结黑色凉鞋，一切都很完美，像是灰姑娘等待的舞会，那个王子，早已安排好。

10点的时候，Paul准时发来信息，依然是度假村门口的照片，只是这次是他自拍的，他在照片里，露着牙齿笑。昏暗的光线，让他看起来好笑。

苏乔喷了Chanel的香水，在镜子前整理了一下头发，擦了一点点桃红色的口红，抿着嘴晕开。她小跑着穿过大堂，在大堂门口停了停，缓了一口气，让自己看起来没有那么急不可耐，可她的心却早就飘过大堂。她走到度假村门口，看见Paul帅气的样子，隐在暗处的机车，再也无法抢了他的风头。

Paul看她出来，微笑着，那笑容，像是许久未见，竟让苏乔有些入了迷，她喜欢这个笑容，无比渴望看见这张纯净的脸。

她跑过去，一下子抱住Paul，怕一松手，他就会消失不见。

Paul笑着帮她戴好机车帽子，跨上车，等着苏乔坐好，他便启动了机车，出了度假村的小路，一路向南。

夜里微凉。风，飒飒地吹着，好听悦耳。

他们经过那个二层楼的咖啡厅，经过那个水果摊，经过那个陡坡，经过观景台，一直向上，经过更陡的坡路，急转弯，直冲而下，整个人都感觉飞起来。苏乔紧紧抱着他，闭上眼，让自己安稳地在他身后，听着耳边快速流过的风，夜色如水，凉而自在。

酒吧是在岛的南边，整条路都是斜坡，路两边开满了酒吧、餐厅，各种商店，很多外国人在露天的酒吧占满了位置，也有人在街边闲逛。

Paul找了地方停车，然后牵着她的手，走进酒吧。据说这个酒吧是象岛最热闹的一间，露天，有演出的乐队。远远地，Paul打着招呼，苏乔看见盖已经坐在那里等他们。

苏乔与他问好，并且告诉他，前几天去找他，但没找到。盖说，下次可以提前发信息给他。

他们点了啤酒，乐队开始演出了。苏乔又点了洋酒，他们一起喝。

乐队唱得高兴的时候，周围很多人手舞足蹈，跟着音乐开始扭动，跳舞。

盖对她说："你很美丽。"

苏乔说："谢谢。"

盖说："Paul 喜欢你，以前没有看过他喜欢一个人像喜欢你一样。"

"他这段时间，是他说话最多，出行最多的时候。"

"他是个内向的人，他从来不会和陌生人说话。更不会和别人去玩。可他因为你，把整个岛转遍了。他查了所有的攻略。"

苏乔看了眼身旁的 Paul，他一直握着她的手没有松开。他看乐队的演出，很开心，身体随着音乐开始晃动，但依然没有松手。他转过头，看见苏乔看着他，便回她淡淡的笑。

苏乔和盖说："这几天我都找不到他，我很担心他。"

盖说："纳姆之前的女朋友来岛上找他了，那个有钱的外国人离开了，没有带她走。她肚子里已经有了那个外国人的孩子。她求纳姆帮她，想和他重新开始。"

"重新开始？"

"对，在泰国是不允许堕胎的，她不想小孩生出来没有爸爸，她能求的也只有纳姆了。"

"纳姆呢？他答应了吗？"

"纳姆和她待了两天，把她送出岛了。他拒绝了。"

"为什么？"

"纳姆和那个女孩的母亲都是被来这里的外国男人遗弃。他们从小就认识，只是因为彼此都有着这样的身份。纳姆最不能忍受的就是那些外国男人玩弄泰国女人的感情。可是……"

"可是，他最爱的女人依然成为那个被遗弃的，对吗？"

"纳姆说他不能靠可怜她，和她在一起。从他看见她跟那个外国男人走的时候开始，就已经结束了。"

苏乔变得沉默，这个叫纳姆的男孩，在异国他乡，短暂相遇。他为自己所做的一切，都让她感动，甚至心动。可他们语言不通，他们年龄悬殊，他们只认识了寥寥几日。

"我很快就会离开这里。我们只是短暂遇见了而已。"苏乔说。

这个只有21岁的男孩对苏乔说："如果你爱Paul，为何不能为爱留下来。"

这是她听到的最荒唐的话，一个21岁的男孩问她，为何不能为爱留下。可她并不知道自己究竟是爱或不爱。这世间又有几人知道自己的感情安放何处呢？

苏乔承认自己听到Paul前女友来找他的时候，自己是妒忌的，是担心的。当她听到Paul拒绝了，悬着的心竟然放下了。她喜欢看着Paul笑得好看的脸，她不想别人占有他。这是否就是爱情，从心底里喜欢他，不高兴他去喜欢别人，也不高兴别人去喜欢他，自私变成一种欲望。

"为什么会觉得是爱？"苏乔没有看盖。

"我想纳姆至少找到自己最爱的人了。"盖并没有回答苏乔的问题。

苏乔看着身边的纳姆，这个短暂相识的男人，为了她，做了他这辈子都不曾做过的事，说了这辈子最多的话，拒绝了曾经青梅竹马的女孩，甚至一起经历了生死，像过了一辈子那么长久。而他们，彼此一无所知，如同黑夜里飘零在海面上的孤船，盲目而真实地撞在一起，却很惨烈。

苏乔没有再继续和盖讨论这个话题。她知道，这个岛上有太多为爱留下的人们，可她没有勇气。他们把酒喝完，再要，桌子上摆满了空的酒瓶，舞台上的歌曲，换了一首又一首，歌者拽着舞台下的人起身跳舞。

苏乔拽着 Paul，起身跳舞。

他们都喝多了，面对着，贴着身，随着音乐摇晃着。

苏乔双手搭在 Paul 的肩上，让自己摇晃的身体不至于因为自己晕得要命的脑子倒下。她开始亲吻他，亲吻他的眼，他的唇。他好像愣住，待了一会儿方反应过来。他回应她，他们开始拥抱，接吻，缠绵。他们尝到彼此口中酒精的味道，麻醉了彼此的心。

这间酒吧的人也许都喝多了，他们开始沸腾，开始摇摆，开始欢呼，开始释放。没有人在意他俩，究竟如何缠绵。

苏乔将头埋进他的胸膛，希望这一切停格，这里的人，这里的酒，这里的沸腾，和这个在身边的男人。就这样在喧闹中，停格。

盖依然坐在那里喝酒，安静地看着这里发生的起起伏伏。

人生中，总要做出很多选择，我们要接受选择的结果。如何选择，却变成最难的。而这个世间，总有一些无法抵达的地方，无法靠近的人，无法占有的感情，无法完成的选择。

18
第一眼便爱上你

他们不知道待了多久，把点的酒都喝光了，乐队也早已离开，苏乔和盖道别，盖悄声地在她耳边说："Paul 真的很爱你。"

恍惚中，苏乔看盖微笑点着头，和她摆手告别，像是一场郑重的离别。

Paul 送苏乔回酒店，风吹散他们的醉意，让他们变得清醒了许多，却也迷茫了许多。苏乔耳边一直回荡着盖的话"Paul 真的很爱你"。

和往常一样，Paul 在度假村门口停下，苏乔下车和 Paul 告别。苏乔拥抱他，久久没有离开，他们就在这清醒的迷茫下，接吻，拥抱，不愿分开。

"明天见。"苏乔离开他冰凉的怀抱，离开这个拥有着纯净的目光，修长的手指，好看的笑容的男子，依依不舍。

Paul 看着苏乔消失在视线里，笑着，激动着，紧张着。

他爱上这个女子，在第一眼，在那个小岛陡坡之上，他在人群之中看见了她，便爱上了。虽然对她一无所知，依然很爱。这种强烈的感觉，在他的胸膛震荡，难以言表。

苏乔回到酒店，害怕，紧张，激动，这复杂的感情，是她早已忘记的感觉。早已冷漠的激情，找上了门。

她坐在镜子前，镜子里有他好看的笑容飘荡着。

她无法选择。爱情，不过如此，在选择与被选择之间。

他们不需要语言，他们却知道彼此最想要的，爱情，真的很奇妙。

她看了眼手机，已经凌晨 1 点钟了，却没有丝毫睡意，即使还在微微酒醉的迷蒙中。

苏乔看到 Wechat 有很多条未读的信息，点开，竟然是方子勋发给她的。这一次，没有撤销。

差不多 11 点钟的时候发的，应该是她在酒吧的时候。

方子勋发了一张他和蒋婷的结婚照。苏乔看着那张照片，蒋婷笑得灿烂，身上华丽的婚纱，熠熠生光，价值不菲。那是蒋婷曾经和她一起探讨过的设计师婚纱，她们曾经打赌，看谁先穿上这套婚纱，终于还是蒋婷穿在了身上。方子勋依然平静的脸，没有表情，就那样安然地站在蒋婷的身边，竟然有种极其相配的感觉。

终究还是知道了他们结婚的样子，苏乔感觉自己的眼睛一下子模糊了，虽然在寺庙那一夜，她已经将他们所有的过去都删除了，可是她还是无法控制。

泪水流下来，划过嘴角，尝到酒精的味道。

方子勋发完照片之后，过了一段时间又发了几条语音，苏乔迟疑着点开，她害怕收到婚礼邀请。

方子勋那熟悉而冰冷的声音说："苏苏，照片是蒋婷拿我手机偷着发的，我不知道，你别误会。"方子勋习惯叫她苏苏，他说这样叫，听起来亲密，像是一个备受宠溺的女人。

接下来一条，方子勋依然不急不缓，"苏苏，很抱歉，你不要怪我……"背景里有蒋婷的嘶吼声，"方子勋，你他妈的就是混蛋。"方子勋没有继续说话，声音戛然而止。

可能方子勋和蒋婷纠缠了很久，信息显示着差不多隔了半个多小时，方子勋又发来语音，他有些低沉的声音，好像很为难地说："苏苏，我后悔了，我们和好吧。"

苏乔可以想到方子勋复杂纠结的表情，他从来不会说后悔，至少，在这之前，她从来没有听过，如今却变了样。"对不起，苏苏，对不起，我错了，我不该伤害你，原谅我好吗？"

可能是因为苏乔一直没有回复的原因，方子勋没有再发消息。也许，他开始后悔自己说的这些话。或者只是不小心说错了话。他是那个提出分手的人，他是那个要结婚的新郎，而新娘不是苏乔。方子勋怎么会后悔？

对啊，和好，怎么会？只是一时犯了糊涂。

苏乔苦涩地笑了，关掉方子勋的信息，看到还有未读的信息，却是蒋婷发的。

她犹豫着，还是点开了，蒋婷歇斯底里地哭喊着："苏月乔，你这个婊子，我告诉你，方子勋是我的未婚夫，你别想和他苟且，我不会让你得逞的。"

"你不要以为你是他前女友，就可以和他死灰复燃，不可能，不可能，他不可能回到你身边的。"

"苏月乔，你是不是特别恨我，这是你自己自找的，是你不愿意和他结婚的，我只是那个想结婚的人而已。"

"苏月乔，是我先喜欢方子勋的，可你变成了那个捷足先登的人。我不甘心，不甘心，凭什么，凭什么你能得到，我就不能得到？"

这样难听的话，断断续续地说了很多，是方子勋发的那条"求和"

信息之后发的，可能是两个人吵架之后，蒋婷很生气。于是，苏乔就成了理所当然的炮灰。以前是，现在还是，以后，便不再是了。

就这样一直吵杂哭闹着，让手机的话筒变得聒噪。

快 12 点的时候，蒋婷又发了语音信息，哭泣着，说话断断续续，"苏乔，对不起，对不起。我知道是我对不起你。求求你，放过我，放过方子勋吧。我们只是都想结婚而已。既然你拒绝了他，那请你就放手好吗？"

"苏乔，是我勾引了方子勋，是你拒绝了他，他喝醉酒，在酒吧给我打电话，让我帮他劝劝你，我去酒吧找了他，他把我当做了你。我只是想找一个适合结婚的男人。方子勋就是，一直是，只是他喜欢你，不喜欢我。"

"苏乔，对不起，你骂我也好，恨我也好，我只求你成全我，好吗？"

"苏乔，你是我最好的朋友，这次是我不对，你看在朋友的情面上，帮我一次好吗？你让方子勋不要抛弃我，好吗？"

害怕，恐惧，不安，自卑，让蒋婷变得没了骄傲。爱情多么可怕，让曾经那样高傲的人，变得如此卑微，低到尘埃里。可是，这场海市蜃楼的爱情，会不会在转身时，刹那成空？

苏乔想了很久，还是回复了方子勋，"过去的就让它过去吧，珍惜眼前人。"

方子勋的电话很快便打过来，这时已经深夜了，想必他和蒋婷闹得很凶。电话屏幕闪现着方子勋的头像，淡然得毫无表情，眼睛却复杂得深不见底。苏乔此时想起了 Paul 的眼睛，纯净得毫无杂质。

苏乔在电话响了很久接起来。她听到那个熟悉的声音，如同 3 年前，他们因为工作谈判第一次见面的时候，低沉冷漠，理智如他。在后来工作的接触中，有一天，他对苏乔说："做我的女朋友吧。"不带任何感情，平静地，坚定地，不容置疑。从那之后，苏乔便成了他的女朋友。

如今，电话那端，他开始沉默，开始犹豫，他有些结巴地说："苏苏，我后悔了。我们和好吧。我，我不和蒋婷结婚了，你不想结婚，就等到你想结的时候再结，好吗？"

"我父母那边我去说，他们会理解我们的。苏苏，你回来吧。"

"苏苏，你说话啊，你听到我的话了吗？我只是想在这个年纪给你结婚的承诺，我们都已经不再年轻了，可你拒绝我了。我那天喝多了，我把蒋婷当成了你，我做了不该做的事。蒋婷一直对我很好，她很早就喜欢我，可我都假装不知道。我当时真的很生你的气，才决定和蒋婷结婚的。可我爱的人是你。我不爱蒋婷。你相信我。你相信我。"

"苏苏，我知道你害怕结婚，我可以等，我们都不年轻了，我会等到你想结婚的时候。"

……

苏乔终于想起来，第一次见方子勋谈判的时候，当时蒋婷也在。那天晚上，蒋婷和苏乔提了很多次方子勋，当时苏乔只以为是工作需要。

错了，一切都错了，从一开始就都错了。

苏乔听不到方子勋后来说了什么，一切都像是梦，梦醒了，她会看到自己依然在那个公寓，身边依然是那个男人，在窗前相拥，看车流川息，璀璨光华。

她不知道怎样挂掉的电话，她的眼泪干了，她不再哭泣，没有了哭的理由，就像自己最害怕的那样，她真的开始不再想念，断了一切。

那一瞬间，苏乔终于发现，曾经那样深爱的人，早在告别的那天，便消失在曾经的那个世界。心中的爱和想念，都只是属于曾经拥有过的回忆，回忆终究只是过去的。曾经那样爱他，只是生命里的劫难，渡过了，便是造化。

方子勋打了一遍又一遍的电话，苏乔都摁掉。

方子勋在Wechat发了信息，他说，"我依然爱你，也只爱你，此生。"

苏乔给方子勋回了信息，"我与你已穷途末路，何来重修旧好。你已经错过了我，希望你不要再错过蒋婷，她是你生命中留下的人，我只是你生命中路过的人。我真心地祝福你们。"

方子勋没有再回复。

苏乔想，终于不再爱了，这样真好。

曾经给过彼此的那些眼泪和疼痛，都随着记忆消散。

她把微信清空，删除了方子勋的微信。她从通讯簿中找出方子勋的姓名，删除了。她把他仅有的关联，从她的世界中抹除了。

凌晨2点，Paul发来信息，"From first saw you, I love you。"

"I want you, I want to see you。"

然后他发了7-11门口的照片，微弱的灯光，可以看到投在地上的摩托车和他的影子。

苏乔激动着，却害怕着。她洗了脸，清醒地看着镜子中的自己，年龄让她开始变得憔悴，方子勋说，我们都不年轻了。

是啊，苏乔知道，自己真的不再年轻了。

苏乔沿着酒店门口黑暗的小路，一直走出去，黑暗中的盲目，让她厌烦，就如同没有灯塔的照明，船只便失去方向一般。

苏乔迫不及待地想见到他，她想告诉他，也许自己真的动了心，开始爱上了他。

她来到马路边，看马路对面7-11门口，那辆黑色的机车，和那个人，依然如昨，清晰而踏实。一个踏实的人，多么让人留恋。人们每天都在寻找着，寻找那个给自己一丝踏实的人，超越了爱情。

他就站在那里，那样清晰，帅气，还有年轻。

他就站在她视线可及的距离，却遥不可及。

他站在那里，手机，明明灭灭。她知道，他在等她的信息。

他抬头看马路对面，苏乔躲在阴影里没有出来，她看那灯光下的男孩，心里有着怎么都靠不近的纠结。

这个 23 岁的男孩，有着大把的青春，有着美好的年华。曾经自己觉得有那么多的青春可以挥霍，拒绝了方子勋，拒绝了婚姻，拒绝了年华老去。在这一刻，苏乔发现，自己怕了，Paul 的爱太过炽烈，自己根本无法承受。

苏乔没有走到马路对面，她只是在那远远地望着，望了很久，然后转身，离开。

她，选择了逃避。

苏乔哭了，蹲在那片墙下的阴影里，哭得难以自制，泪水变成她最不需要忍受的东西，随它流淌，曾经一直觉得忍受着不哭便是坚强，如今明白，哭泣只是让你看清自己的心。除了眼泪，还有什么可以证明自己的恐惧呢？

她害怕，害怕年龄与爱情的差距，世上最痛苦的事，并不是自己无能为力，而是当一切都触手可及，却不愿伸出手去。

19
孤独的行程总是从海上开始的

苏乔从黑暗中摸索着，短短的路，如同隔着几个世纪那么远。

身后 7-11 的灯光依然亮着，她没有勇气回头看一眼灯光下的那个男孩，那个比自己小 8 岁的男孩。

他们不属于一个世界，他们的生命中只是出现了交叉点，错过便不会再相遇。

苏乔在一种无比朦胧的情况下回到酒店，她发消息给南溪：南，我在象岛，明天想离开，可以到码头接我吗？

南溪是苏乔在泰国唯一的朋友，南溪以前是做导游的，她们在一次海岛之行中相识，一见如故。这次来象岛，也是南溪推荐的，最近她在象岛附近做水果收购生意，本来计划见一面，但水果生意现在是最忙的时间，南溪一直没抽出时间来岛上。

凌晨 4 点多的时候，南溪回复她，"好的，等我。"

没有询问，不需要理由，只是在需要的时候来到你的身边，便是朋友。

苏乔一夜没有睡，她反反复复地看 Paul 的照片，她写了信息："I'll leave here tomorrow, Goodbye。"可她点开又关掉，信息一直没有发出去。

她早早地把行李收拾妥当，这里的一切，从熟悉变成陌生，134 号，只是她生命中的那场盛开的焰火之地，在夏至不告而临，璀璨得睁不开眼。

她办了退房手续，前台只有一个泰国女孩在值班，她帮苏乔办理了手续，微笑着和她告别，像那些匆匆而来，匆匆而去的游客一般，习以为常地告别，微笑。134 将很快迎来下一位新房客，没人知道这里曾经住的是怎样一个人，没人知道她来过。

她去摩托车租赁店把摩托车退掉，摩托车店还没迎来生意，那个好看有故事的女老板在擦拭着摩托车。她把苏乔的护照还给她，收了油费，双手合实，微笑着和她说，"Hope to see you next year。"如同那些来到这个岛上的背包客，总是在某个时间再回来，这个岛有抹不去的魔力，它在你的记忆里，久久荡着。

这个老板有着和 Paul 一样明亮的眼睛，好看而干净，没有杂质。这个岛上的每个人，好像都没有那些浮躁，只是很安静地微笑，看潮起潮落，雨露花开。一切都是那么平和，如同梦幻，不真实地存在着。

她坐这里最常见的皮卡车，车上有和她一样离岛的游客。面色沉静而疲倦，在这清晨的阳光中，奄奄一息。

临海的马路，背靠大山，苏乔依然面朝大海，看清晨雾霭中，穿插而息的海水，恍恍惚惚。那个好看的笑容在那里，闪现着，消失着，再闪现，再消失，反反复复。

"Paul，请原谅我，我们只当彼此是生命中最美好的过客吧。"

车子经过那个陡峭的坡路，从坡顶直冲而下，像要飞起来。她想起刚来到岛上的时候，也是这个坡路，她在相反的方向，看那个从坡顶飞下来的黑色机车，那个戴着机车帽子的男子。

她想起，那个在度假村里摘下机车帽的男孩，那明灭好看的笑容，露出白色的牙齿，还有纯净的眼睛。他说，他叫 Paul。

她的眼睛里，有着微闪的光。他们早在第一次路过时便注定相遇。她没有认出他，可他早已把她种在心里。

苏乔对着那树木闪闪烁烁的光彩，苦涩地笑着，缘分就是如此，总在不知道的某个时间悄然开始，又悄然结束。

苏乔向车尾看去，看那逐渐消失的陡峭坡路，寂静无人。路边的黄色泥土上，有发生车祸的残骸，一直没有人收拾干净。

车子到了港口的公交车站，苏乔下车，便看见南溪已经站在那等着。她扎着马尾，微圆的脸，站在白色的越野车旁，笑得纯净而好看。

苏乔拖着行李箱朝她走去，眼睛有雾气缭绕，像是空气里的湿气遮了眼。

南溪站在那里张开双臂，等待苏乔走到面前，拥抱她，用手轻拍着她的后背，没有说话。

南溪是个安静的人，她不问苏乔离开的原因，不说话，只是用她温暖的怀抱，让她的朋友在这里，不再感到孤独，这里有她。

南溪帮苏乔把行李放进后备箱，然后去港口的窗口买了票，一辆车，两个人。

她们上车，在港口等待着渡轮。车上放情深软语的泰文歌。

南溪和苏乔说："我在附近的榴莲园收榴莲，幸好，很近，否则没办法这么早赶过来。"她今年开始和朋友做水果批发的生意，输送到中国，她负责找货源，象岛附近的金枕头榴莲是出了名的，最近是榴莲大丰收的季节。

苏乔知道，为了她，南溪放下生意来陪她，苏乔在副驾驶座上，伸出胳膊，拥抱着南溪，难以言语，在这最孤独的时候，有她在身边。

有一辆渡轮驶过来，快临岸的时候，发动机停了，可能是出了故障。岸边的拖轮把它拖着，一直拖到港口旁边，那里有抛锚系缆，这只停了喘息的渡轮，就在港口停着，等待着人们去修理它，不知道何时。

耽误了很久，港口的人多了起来，错过前一班渡轮的人和等待下一班渡轮的人，都拥挤在港口，张望着。

苏乔和南溪没有再说话，只是静静听着歌。苏乔打开 Wechat，看那条一直未发出的信息，看着 Paul 的头像，亲切温馨，如在面前。她犹豫了很久，摁下发送键，收起手机。

她不敢继续看信息，她知道自己还有不舍。告别，便是一种结束。

终于，下班渡轮没有提前，也没有延后，准时在它应该到的时间到了。汽笛呜呜的声音，告示着人们，可以汹涌地奔赴而至了。

渡轮在岸边掉头，放下缆索，大的铁板咣当落下，和岸边上的铁板重合。岸边的车辆开始陆续地开上船，整齐有序地排列在一层的甲板上。那些人群开始汹涌着，如同渡轮的告知般，涌上甲板，从车辆缝隙中穿梭，从铁质的楼梯，"铛铛"地走上去，走到二层有着绿色塑料座椅的船舱。

南溪的车在甲板上最后一排，靠近船尾舷板，铁索收起舷板，咣咣啷啷的声音，撞击着耳膜，告诉岸上的人和船上的人，告别的时候到了。

开船的时刻到了，汽笛呜呜地，像个哭泣的男人，让那些离别的人不禁潸然泪下，没有人知道，自己是否是最后一次看这片岛。

渡轮徐徐前行，沿着港口缓缓向前开去。开到大海上。

苏乔从汽车上走下来，走到渡轮靠近船尾的弦板前面，她不想坐在车上，她害怕在这危险的海洋上，待在封闭的空间。怕钢索断开，整个车辆都掉进大海中去。怕自己在这片海洋里，看生命的最后一刻。虽然这片海洋现在这样平静，季节又是这样温煦。

她看向岸边没有上船的人群，或者离开，或者等待着下班渡轮的到来。

她在人群中，看到那辆黑色的机车，远远地在停在港口处。

她看到那张纯净的脸，没有笑容。

Paul 站在岸边，不断地向着渡轮挥手。他的脸竟然可以看得那么清晰，看起来是那样地悲伤。苏乔一下子感觉心里好像被硬物钝击一般地疼。

Paul 一直在 7-11 那里等到清晨亮了光，才离开。他不知道苏乔是不是没有看到信息。他不知道自己是不是唐突了，他不清楚，自己爱她是否给她带来了困扰，他知道，自己配不上这个女孩。

终究，爱她，只是自己的事。

Paul 很早去度假村门口等待，他知道，这只是一种安慰的行为，可他就是没有办法让自己安静地等待着，即使见不到她，离她近一点也是好的。当他收到信息，他隐约可以明白自己失去了她。他慌忙地在 Google 上翻译，他骑着机车，飞一般地冲出去，他整个心都没了主张，就那样飘着，想快一点，再快一点，去到她身边。

他不知道苏乔为什么离开，没有告别，没有预示，就这样突然地离开了。

他开着黑色机车，风一样地追逐，从那面陡坡上飞驰而下。

他赶到港口，有船靠岸。

他在拥挤的人群中没有看到苏乔。

他用她教他的中文，生涩地喊她的名字，"苏乔，苏乔！"

在发动机轰鸣的空间里，坐在车里的苏乔根本听不到。

Paul 在港口喊了很久，没有人回应他。在渡轮收起了缆索，离岸的那一刻，他看到甲板上最耀眼的她，一眼便认出了，如同第一次在陡坡上瞥见她那凄然一笑一样，深陷其中。苏乔站在舷墙边，那样安静地。

白色长裙被风吹起，鼓动着，头发被风吹起，凌乱的发丝贴在脸庞。她有着倾世的容颜，却从不自知。

苏乔转身望向岸边，他和她挥手，他和她告别，他想问她，是否知道他爱她。

Paul 就在那里，挥着手。

苏乔苦涩地笑，她相信 Paul 可以看到她，她甚至看到，他露出白色的牙齿，笑得好看。

Paul 朝离岸的渡轮喊着："คุณยังจะกลับมาอยู่ไหม? ฉันรักคุณ . ฉันรักคุณ……（你还会回来吗？我爱你。我爱你……）"

海水、阳光互相辉映着，照射着岸上的人们，像要度化了这些人。他们淹没在金色的阳光下，似乎那里，只能看到 Paul 一个人，挥着手，呼喊着。渡轮下排水的汨汨声音，淹没了他的声音，苏乔不知道他说了什么，她呼吸着空气里飘散着的海水的咸，仰头，把眼泪倒流回胸腔，使人窒息。

她还是忍受了，这般孤独的味道。

渡轮缓缓地开出去，很远，仍然可以看到他那颀长的身影。

最后，在远处，地平线的弧度被船尾的舷板吞没，她看着那辆黑色的机车，渐渐消失了。港口也消失了。接着，陆地也消失了。远远地观望着，那葱翠的山林覆盖的小岛，像一座孤岛，哀鸣。

苏乔给他发信息，发她在甲板上拍的照片，从船尾舷板上看出去，一直可以看到岸边，那里有他的身影。

她说，"Goodbye"。

他问，"Will you come back again？"

她回，"Maybe next year。"

他说，"I will wait。"

"I love you。"

那些把孤独埋进这座岛上的人们，头也不回地离开了。苏乔在那片海岸线消失的时候，却感觉依然可以看到那个身影。

孤独的行程总是从海上开始的，在承载着悲痛和绝望的感情下，告别陆地，告别那些曾经爱着的人或事。

20
用心记住遇见的每一个人

海上没有风，阳光平和地照射在海面上，熠熠生光。

苏乔就站在那蓝色的弦墙边，像原始的人，学会了直立。脚下有白色的很粗的缆绳，圈着，落在甲板上，绳子的一端系在弦墙的圆柱上。

弦墙上飘动着黄色的旗帜。

一切，都变得如此形单影只。

南溪透过挡风玻璃，安静地看着这个白色裙摆翻舞的女子，她身上有着说不出的孤独，敲痛她的心。

舷墙边有一辆黑色机车，车主是一个 30 多岁，有着胡须和长发的男人，像是个流浪的人，他透过反光的墨镜，看向舷墙边的女人，然后径自走向二层甲板，和 Paul 完全不同的拥有黑色机车的男人，错身而过。

二层甲板的栏杆处挤满了人，那些人表情复杂地看向海面，看向越来越远的小岛。

苏乔回到车里，南溪说，"那个机车男人蛮帅的。"

苏乔微微地笑了，"机车很帅。Paul 比他帅。"

"Paul？"

"嗯，在岛上认识的朋友。"苏乔简单地回答着，眼神暗淡，不再说话。

南溪也便不再问。

在她们的车前面，是一辆皮卡，皮卡的后车厢里，有一个金发碧眼的男人，搂着一个黑发的女人，那是一个泰国女人，她将头倚在他的臂弯里，她们的身体倚在皮卡车的车厢边缘，泰国女人的头发很长很长，披散着，像深海的海藻般，挂在车厢外缘，任海风吹过，凌乱地扬起。他们亲昵地拥抱，接吻，额头对着额头。他们的爱充斥着整个甲板。毫不自知。

这个岛上，无处不散发着爱情的味道。

这次旅行让苏乔的爱情像是葬身在这片大海中，冲得无影无踪。

海风掠过车窗，吹过她的肩头，穿过了她的瞳孔。她哭了，流下了眼泪，面对这片宁静得毫无声息的海，她想起那个男孩纯净的脸，一时之间无法判断自己究竟爱他，或是爱得无法自拔。

渡轮到了对岸，远处的小岛变成了海岸线的那片葱茏山林的一部分。苏乔她们的车和那对情侣的皮卡车一路开出小岛，苏乔看着那个泰国女人黑色的长发，飘在车厢外，洋洋洒洒，好不自由。

她一直没有看到他们的脸，他们一直面额相贴，有说不完的耳语和接不完的吻。在分叉路口分道扬镳，那头长发，飘扬着告别，告别了身后这个带着无限遗憾的女子，离开了这片岛。

苏乔想起曾经读到的一句话：遇见是一个开始，离开却是为了遇见下一个离开，这是一个流行离开的世界，但是我们都不擅长告别。

南溪在路上打电话，把工作交待给另外一个人。然后，南溪开车，带着苏乔去桂河，南溪说："那里是当地人去散心的地方，会忘记烦恼。"

路上经过那成片成片的榴莲园，南溪指给苏乔看，说这里就是泰国很出名的出产榴莲的地方。每一种水果，都有它盛产的时间和地方。这片地方除了盛产榴莲，还有山竹、红毛丹。

在路上看到路边有很多水果摊。她们找了一间水果摊，木头简易搭建的棚子，棚子下摆着木头搭的商品架，上面有一些榴莲干和花生米之类的小吃。架子旁边，有木头箱子，摆了红毛丹和山竹，还有很大的金枕头榴莲。苏乔和南溪商量买些山竹和榴莲，看到红毛丹价格很便宜，于是又挑了一些红毛丹。老板是个当地的女人，大约40岁的样子，笑着和南溪说话。南溪转身和苏乔说："老板说你很漂亮，很少可以看到这么漂亮的女孩。"

苏乔微笑着点头，说"谢谢"。她从来不知道自己很漂亮，在曾经那个世俗的圈子里，她一直都自卑，那个行业总是会将你的缺点放大再放大，却又不得不把自己伪装得很好，不让人看出你的自卑，否则你会被排斥，被边缘，这便是那个圈子的规则。

老板让她们在架子下面的那些水果筐里挑红毛丹和山竹，那些都是新鲜摘下的。那里有几个大的竹筐，堆满了水果，还有一种水果叫蛇果，苏乔尝了尝，很酸，酸得眼泪掉下来。

她们花了几百泰铢，买了一车厢的水果。

她们告别了水果摊的老板，继续前行。

苏乔和南溪在车上吃榴莲，榴莲的香气充斥在车厢里，她们把车窗落下，让风吹进来，依然吹不散那榴莲香。她们一起哈哈大笑，她们很多爱好都如此相似。

榴莲，留恋。

如果你想记住一个人，你就吃榴莲；如果你想让一个人记住你，你就给他吃榴莲。

苏乔想念观景平台上，她安静地读着牛皮纸上的中文字，他安静地把扒好的山竹递给她。他不吃榴莲，她记得他皱起的眉，笑着，看她吃。那天的榴莲香气，飘满整个观景平台，飘进她的记忆里。

她们一路向曼谷方向驶去，远离那个人烟稀少的岛屿，经过曼谷拥挤的街道，看到天桥匆忙穿过的人群，看高楼间，大幅的海报，覆盖着整面墙壁，让这个城市，多了颜色，变了模样。

城市总是如此，匆忙不知所踪。这个世界上，最幸福的想必就是那些度假胜地的人们，他们一直活在度假中，却不自知。

曼谷的街道中间，每隔几十米便有泰国国王的照片，偶尔可以看到王后年轻时的照片，美得像副画，青春流转，如今，已失了光彩，仍无法改变人们对她的爱戴。

南溪和苏乔讲国王拉玛九世（此时泰国国王拉玛九世普密蓬·阿杜德还未去世），他一生只有王后一个女人，很恩爱，受百姓爱戴；说国王现在的身体不好，却依然在坚持着，等待下一任继承者，没人知道下一任继承王位的人是谁，百姓都希望他可以好起来；讲那个嫁给了外国人而失去身份的大公主，而今重返皇宫，如今二公主成为最受百姓欢迎的王族……

这里的国民知道，这位九世王一辈子都在为穷人谋取好的医疗，好的土地。就如同古时候的中国皇帝，微服私访，解决百姓疾苦。也许正因为如此，这个国家的人们多是淳朴善良的，没有物欲横流的虚伪。

她们在曼谷大皇宫的地方走错了路，堵车让她们在转盘路段耽误了接近一个小时。出了曼谷已经是午后了，是这个国度最炎热的时间，地面上蒸腾着炎热的气体，灰尘在阳光照射下，漂浮着。

她们经过繁华的闹市，经过落寞的高速公路，有着绿色大牌子的路标，孤独地立在那里，够到了白色的云彩。路灯空旷地一直延伸开去，路边有方正破旧的矮层楼房，刷着粉色和绿色的漆，像被雨水冲得掉了色。泰文的招牌，不时地在窗外忽闪而过。偶尔有桥，在前方不远处，记不清桥的模样，像是路上固定的路标。

她们逐渐过了有城市楼房的地方，连矮层的楼房都不见了。路边偶尔会出现寺庙和简陋的路边餐馆。错落繁杂的电线在半空中延伸着，电线杆有序地排列着，没有尽头。

路边荒凉的景色，近乎一种悲哀。

她们经过几家路边的小餐馆，最后选择了一家有着蓝色遮阳棚的小店吃饭。店铺和其他的泰国路边小店一样，简单，没有窗户和门的木头棚子，靠路边的门面，有几张桌子围在前面，有玻璃罩摆放在桌子上，里面有调料和一些蔬菜。桌子前面贴着白色的菜单，配着几张菜品的照片。桌子后面是小店的厨房。店铺的一半被厨房占据着，摆放着很多厨具、调料、蔬菜，显得杂乱紧张。

厨房里面有忙碌的母亲、儿子、女儿，他们说着欢迎。南溪和他们打了招呼。

苏乔和南溪走进店里，那里摆放着五六张桌椅，桌子上有带着白色小花的皮革桌垫，地面铺着绿色花纹的地砖，让小店的黯淡多了一抹色彩。

红色的冷饮冰柜旁，穿着黑色衣服，披着长发，皮肤黝黑的女孩，大约有 15 岁的光景，朝她们笑着，收拾着碗筷，给苏乔端过来，她把菜单一起递过来，南溪看菜单上的食物，点菜。

苏乔坐下，面朝马路的方向，门口有一个穿红色 POLO 衫的女孩，扎着马尾，差不多 12 岁的样子，她在桌子旁擦碗，眼睛一直看着苏乔，笑得好看。

苏乔看着她，纯净的眼睛，没有一丝杂质，就是那样，害羞地笑着看她。

苏乔问南溪："那个女孩为什么一直看我们笑？"

南溪说："因为这里的路边店，基本都是本地人来吃。她们很少会看到外国人。"

哦，对，她们离开了繁华的曼谷，离开了海边，离开了旅游人群常去的景区，她们在路上，一个不知道地名的路边小店。

穿红衣服的女孩进进出出，苏乔每次抬头，都能看见她灿烂的笑容，眼睛闪着纯净的光彩，让她想起了 Paul。

她们点了鸡翅，鸡肉做的肉沫碎炒洋葱，还有猪肉做的肉沫碎。一碗有着浓重泰国香料味道的本地野菜肉片汤。米饭是糯米饭，用草编的筒子盛着。

她们吃了所有的食物，付了账。临走的时候，苏乔问那个穿红衣服的女孩，是否可以一起合影。女孩答应了她。

她们一起合影，苏乔楼着她的肩膀。她喜欢这个女孩，照片里的女孩很腼腆地笑，眼睛干净好看，闪着光。这个女孩让苏乔想起 Paul，她想起自己从来没有和 Paul 合影。

她们告别，车子启动，苏乔在车窗里，看向女孩，挥手。那干净的笑容，久久不能忘记，竟有着不舍。

寂寞的人总是会用心地记住他生命中出现过的每一个人，苏乔就是如此，她在一次次地告别，在不经意间想起，究竟所到之处，还是否有人在等待，是否会听到"苏乔，苏乔，快来，快来"的呼唤。

她们找了加油站加满油，在 7-11 买了水，重新上路。

苏乔打开车窗，阳光白晃晃地照在头顶，睁不开眼睛，风快速地在车窗旁呼啸，吹在脸上，有疼痛的感觉。

21
把思念埋葬在河水群山间

经过一条铁路，电线伴随着轨道，一直延伸到远方。车子压过火车轨道，车身激烈地晃动着。

从这里开始，好像到了城市的边界线，风景不再有太多的建筑物。路上变得荒芜人烟，错综复杂的电线，也好像忽然断了线，看不见踪影。窗外掠过路边茂密的野草丛生。

她们路过一大片空地，长满了青草，可以看到成群的牛羊，在那片水草丰美的空地上，懒洋洋地荡着。草原上隔得很远，有孤独的树，孤独地生长。远处有山峦叠嶂，大朵的灰白色云彩，漂浮在山峦之上，云彩的形状像是一只飞翔的鸟儿，朝着那团圆圆的、白色的光，飞去，似飞蛾扑火，奋不顾身。

这片草地很大，一直在视线里存留很久，才越过去。电线一下子又重现，错综复杂。路边有未搭建完成的水泥房屋，被钢筋横竖穿插包裹着。

有各种颜色、写着泰文的广告旗，插在路边的荒草间。

她们开过这片荒地，到了进山的柏油路，马路中间有双条黄色实线，醒目地划分出马路的双车道。两边，有白色的边界线，提醒驾车的人，不要开出了正途。马路两边，葱翠的树木，茂盛地生长，枝叶延伸到马路上空，远远地看去，柏油马路的白线和黄线，醒目地延伸，一直到很远很远，树木遮盖了望不到边际的马路上空，只有近处可以看到树木中间露出的蓝色天空。

远处零星的车辆，闪现着。

她们就在这明灭的树木中间穿梭前行，一直到阳光逐渐没了光彩。

傍晚，接近去桂河的盘山路口，南溪把车开上进山的路，一边是悬崖，一边是峭壁，盘山路边有安全的钢制栅栏。树木葱翠的青绿色，把悬崖和峭壁都装饰得很美好。此时，乌云滚滚地涌出来，把刚才还翠绿清新的颜色，一下子遮蔽了。

天空忽然暗下来，如同黑色的斗篷当空盖下来。没来得及准备，便开始下起瓢泼大雨，雨刷快速地刷着，发出呼呼的风声，依然来不及刷掉挡风玻璃上的雨水。

她们在盘山路上小心地开，大雨像是上帝的洗澡水倾泻下来，一股脑地倒在车窗上，变成雨幕，完全像得了白内障，车窗前面一片模糊，看不清前面的路，总觉得一不小心就会冲出悬崖。

原本只有 20 分钟的路，她们足足开了 1 个小时，比预想中在傍晚赶到住处的时间，晚了许久。进到村庄前的镇子里，变成小雨，淅淅沥沥地下着。

南溪进 7-11 买了些生活用品，苏乔坐在门口的一个小丑雕像下面的椅子上等待，周围那些镇上的村民摆摊卖着一些水果和熟食，陌生的人们看着她，微笑着。让她更加想念 Paul。

南溪出来，看见苏乔坐在那里出神，笑着说："走吧。我们马上就到了。你会喜欢这里的。"

她们驱车前往桂河支流上的河屋，中间，她们走错了一次路，到达住处的时候，天色已经完全黑下来，雨淅淅沥沥地下着，车灯照出的光，可以看到雨滴的模样，悲哀地落下。

她们到的时候，靠河岸的房间已经没有了，只剩下一间靠河内的房间，她们办了入住，河屋的行李服务生，帮她们把行李运到远离河岸的房间。

夜里的灯光很暗，看不清周围的样子，只能看到排列成行的屋舍，前廊平台亮着黄色的光，连成一片，形成半圆形围住了河岸。

她们走在漂浮在水上的蓝色水桶连接而成的路，走起来晃晃悠悠，漂浮不定。道路一直通到很远的河水之上。

转了一个弯，她们到了房间，房子在水面上，四周是强韧的绳子拴在河下的木桩上。蓝色通道和房子由木板搭连，踩过木板，就像登上一艘船的感觉，离了岸。

房子的窄小廊道，被铁质的栏杆围住，走过廊道就是水屋前面的阳台一样的平台，平台被房顶茅草的棚子遮掩着，亮着昏黄的灯。平台上沿着河栏筑了木条长椅，还有一个躺椅，一张圆形桌，两把木椅。房门正对着平台，她们开了房门，把门口已经先到的行李拖进房间。

房间不大，整洁清爽。白色的双人床占据了整个房间，床前有电视桌，上面摆放着古老式样的电视机，不知道是否还能放出影像。窗户旁边有一个古老式样的衣柜，旧时的黑漆刷旧的颜色，双门对开，镶嵌了铜色圆球的把手。苏乔总是感觉如此古老的柜子里，总有一些东西，在那里偷偷藏着，偷窥，让人不禁寒颤。

她们简单地整理妥当，合衣而眠。她们睡在双人床的两侧，中间空出大片白色空隙，显示着她们都独自过惯了太久，变得孤独，却不自知。

夜半，雨越下越大，拍打着河屋，噼噼啪啪地响着，整个河屋像是船只一样，感觉晃动。苏乔睡不着，起床，走到平台上，她在平台的躺椅上坐下，看眼前这片茫茫河面，在黑夜间没有尽头。

这是桂河的一条支流，没有运输船只，孤单得几乎废弃。四周有绵延的暗山，圈住了河流。这一片被开发成了旅游度假的河屋村，远处零星灯光，彼此呼应。

苏乔看着手机里的信息"I miss you"。反反复复，写了又删，她知道自己不能再给 Paul 发信息，他们有太多障碍，她不想让自己的自私破坏了美好的爱情。

桂河的夜寂寞得发霉。雨水，倾盆。

苏乔在黄色的灯光下，看这里黑夜的风景。不觉间在平台的躺椅上睡着，清晨醒来，身上盖了件衣服，应该是南溪半夜醒来帮她盖的。

清晨，雨水已停，屋檐茅草滴落着雨珠，缓慢长久。远处河面上一片朦胧，如诗如画，苏乔感觉像是入了仙境，那么不真实。

"Paul，你是否知道这里，有一个人在想念你？"

她坐在前廊平台上，张望着远处山林。这里的人们，是不是每天如此，张望着这片河水，山林，空空等待，新的一天到来。而苏乔，只是在等待那个生命里不能错过的人。

南溪已经醒来，她走出屋门，对苏乔说："你怎么睡在这里了，半夜看你不在屋里，我找了件衣裳给你盖着。这里半夜下雨很冷，别感冒了，照顾好自己。"

苏乔揉着惺忪睡眼，笑着点头。

她现在可以看清水屋的门窗，是黄色格子的木头搭建，格子中间镶嵌着玻璃，对开，像象岛 134 号房门的颜色，温馨而踏实。

她们走过蓝色漂浮的水桶路面，走到岸边的餐厅，解决了早饭。然后在餐厅里，朝外看整片河屋的样子。

河屋朝岸的这些房间连成一片，围成了四分之一的扇形，包围着靠岸的河面。河面上，有水上的娱乐设施，像电视节目里那种水上冒险项目，全部是充气的，漂浮在水面上。有十米高的滑梯，直楞楞地插进半空，看着令人心生忌惮。

"如果 Paul 在这里就好了。"苏乔很轻地说，自言自语。

南溪听她似有若无的说话声，便问："你要不要试下这些水上项目？"

"你会游泳吗？"

"不会。"

"我也不会，我们最好还是不要尝试了。"苏乔嘿嘿地笑着说。

她们回到房间阳台上休息了一会，阳台的栏杆处有一个豁口，可以从那里下水，水面上有粉色的漂浮板，用绳子拴在水屋下面的砥柱上。苏乔穿着救生衣，在那块漂浮板上感受了一下深绿色的河水，便匆匆地爬了上来。她依然无法抵御对水的恐惧，令人窒息。

接近九点的时候，她们找了河面上开旧马达河船的船夫，有着黝黑皮肤与布满皱纹的脸，南溪和他说，想坐他的船在这条河上转转。

她们给船夫一些酬劳，船夫在船尾拉动漆了绿漆的旧马达，轰轰作响。

她们小心地上船。站在船中央的位置，这艘河船没有船栏，只是一个大的平铺的船板，上面凌乱的缆绳已经变成黑色，还有杂乱的货物堆积。这船用来运输一些货物，没有固定的货物类别，整个船破旧得像一堆破铜烂铁。

她们坐船，看河上的景色。

她们伫立在泛黄的河水之上，在河船的甲板上，孤零零地。

大片流云在天空与河流之间移动，把河面覆盖得密不透风。她们观望江水，周围起伏着坚硬的山脉，远远看去，如同进入山脉中唯一的水上路径，通往某处宝藏山洞。

离他们河屋不远的地方，也有几家小的河屋旅馆，零星的几个房间，漂浮在河岸，还有一些充气的水上项目。

船开出很远，有河屋旅馆为游客开通的一些水上竹筏等河面游戏项目，早上第一波游客在那里等待着。南溪问苏乔要不要去玩，苏乔摇头。她更喜欢这样安静地看这里的山河树木，如同和 Paul 在观景台上，安静地看尽一切繁华。

船夫在船尾，毫无表情地看着这一切，没有任何可表达的，这是他们一辈子都在看的景色，平淡无奇。他不明白这样美丽的女子，坐这样的船，看这样的风景，究竟为何。因为他不懂，这个来自于异国的女子，心里有着无尽的思念，在这河面群山间，埋葬，离别。

接近中午，她们返回。

河上早已散了雾气，烈日炎炎，苏乔仰起头，眯起眼睛看那白烈的日光，阳光穿透空气，热辣辣地照射在她的脸上，她的脸像是要被晒裂，灼热，泛红。她喜欢这样，像这个国度的原始居民，变成和他们一样黝黑的皮肤。亦或者，只是她想让自己变得和 Paul 更接近一些而已。

河两岸的群山丛林仿佛隐没不见，河水之上，没有风吹动。这艘船发出旧马达的噪音，是河面上唯一的声音。船四周的河水齐着船沿，汹涌地向前流去。

哭泣的人们，都离去吧。

22
我只知道你在我的故事里

苏乔看着河水，对南溪说："我和那个男人分手了，他和我最好的朋友马上结婚了。我来象岛就是想让自己忘记。前两天，他打电话给我，想和我重新开始，我拒绝了，因为我感觉自己不爱了，好像从来没有爱过，便结束了。"

南溪看着她，没有说话，她知道，苏乔只是在述说，不需要任何人回应，听着，便好。

苏乔继续说着："我在象岛遇到了一个男生，他叫Paul。他比我小8岁，我和他在一起很开心，他让我知道，爱情好像其实很简单，没有那么复杂。我感觉自己爱上他了，可我害怕年龄与爱情的距离，我不敢爱，我怕就像方子勋一样，可以那么轻易地改变了承诺，轻易地就可以不再爱。"

"我是不是很残忍，这么快就忘记了那个男人，这么快爱上了别人？

可能我就是那个喜新厌旧的人。"

"如果我再年轻一些，是不是就可以爱？"苏乔看向南溪。

"年龄这东西，不是阻止你爱的原因。你只是害怕面对，逃避现实。"南溪回她。"爱情不分长短、对错。你可以今天爱这个人，明天爱那个人，只要你知道自己是真的爱，就好。"

"你为什么不和那个男人结婚？"苏乔问。

南溪似乎陷入沉默，她是泰国的华裔后代，小时候她的父亲去世，她和姐姐、弟弟一起跟随母亲生活。15岁的时候，母亲改嫁，新的父亲强奸她未遂，便开始以各种理由鞭打她，她不敢回家，经常跑去同学家。同学的母亲对她很好，于是，在她未满16岁的时候，便嫁给这个同学，没有爱情，只是为了逃避原来的生活。

这种逃避并没有带来多好的境遇，她为那个男人生了两个孩子，一男一女。她拼命工作，希望不再用姐姐辛苦赚来的钱。她用赚来的钱贴补家用，给这个男人和男人的母亲花费。她是一个善良的女子，有很多的朋友，她的朋友跟她说，"你的男人在外面用你的钱包养女人。"

她知道，这个男人用她赚来的钱包养别的女人，但南溪原谅了他，只是希望为了小孩，可以好好生活。可她的善良，没有换来浪子回头，她在亲眼撞见她们的时候，决定离婚。那个男人苦苦地哀求，用各种方法。他不想离婚，因为离婚之后，就没有人给他钱花。南溪找了男人的母亲，说，"我要离开你的儿子，离开你。"她申请了离婚手续，带着两个孩子离开。一直过了很久，才彻底摆脱。

南溪重新遇到了一个男人，她依然会爱，只是她说，"人的心可以受伤一次，但无法修补。如今我的心已经破烂，已经没有那么多的爱可以给他。他曾经也有家庭，有小孩，我们都无法接受再次结婚。"

他们在一起三年，没有婚姻，没有承诺，只是为了爱。

南溪的爱情悲痛得让人无法直视，而她认为，这便是爱，去面对，去接受，不要逃避。

苏乔听着河水之下，正有一场风暴在怒吼，天际的云又开始涌动，河面上有雨水落下的痕迹，水面晕开圆形的光影，层层叠叠。

在大雨之前，她们赶回岸上，不久，这片乌云便飘离到山间，把蓝天还给了这片河水。阳光重新闪耀地照射在屋顶，水面，还有蓝色的漂浮路面，光脚走在上面，脚底像要溶脂了一般烫脚。

午后，朝向河面的水屋没有人，河面空落而安静，周围是青翠山峦，远处岸边的山脚下有村民搭起的房屋，有黄色的土路直通山上，幽静而隐秘。不时有鸟儿飞过，还有各种不同的声音从远处阵阵传送过来，犬吠声，从隐蔽在树林后面的村庄传出来。

参天的竹子树，已经死亡，苍白的树枝张牙舞爪地立在那里，向空中伸展，它用着最后的力气，形成了一个铺天盖地的模样。走到近处，可以看到翠绿的藤蔓攀爬在树干上，像是给了它新的生命。

隐藏在杂草丛生的树林后，有一间寺庙，苏乔和南溪走进去。那里有高耸的塔，可以在树林外看到塔顶。寺院中有着泰国寺庙里经常可见的四面佛，金光闪闪。她们在寺院里请了鲜花和香火，绕着四面佛祈福，最后把搭在手掌上的花串献上。

泰国的百姓很喜欢把白色的鲜花串成一串，中间穿插着红色的玫瑰或者黄色的花朵，他们把花串供奉给佛像，或者挂在车子的倒车镜上，那里往往挂着佛牌，被鲜花环绕。

寺庙的僧人经过她们，走过来与南溪说话，平和安静。僧人微笑，离开。南溪告诉苏乔："僧人邀请我们，可以在寺庙吃斋。"

南溪有一个很好的朋友是和尚，天生传承，他们在清迈的一个寺庙里认识，小和尚当时只有 14 岁。泰国的和尚可以找自己喜欢的寺庙住下，直到他想离开。后来辗转了几个寺庙，南溪都有去看他。小和尚说南溪是有佛缘的人，她的前半生困苦不堪，后半生将一路顺遂。如果能皈依或是吃斋，会非常好。

南溪没有皈依也没有吃斋，她说："顺其自然就好。困苦的路已经走完了，顺遂的路还怕什么。"

南溪面对苏乔说："年龄并不能阻碍你去爱。学会面对已经来到身边的人或事。不要逃避。这就是宿命，来了便阻止不了，也逃避不了。"

苏乔拥抱南溪，微微笑着。也许正如南溪说的，即使逃避了一时，这段债也会追随一世，直到你消除了它。

她们在寺院里吃了斋饭，一种用牵牛花做成的紫色米饭，当地的居民会这样吃。傍晚的时候她们离开寺院。

通往水屋的土路，岸边的两盏路灯，在她们经过的时候亮了，昏蓝色的夜空下，被玻璃罩隔离的昏黄灯光，照亮了有些泥泞坎坷的路面。

苏乔收到信息，路灯下，苏乔看到 Paul 发来的信息，"I miss you。where are you？"

寺院传来幽沉的钟声，苏乔站在路灯下，望向寺院的方向，默默无言。

爱情，来了便接受，不需要逃避，即使以后失去，那也是一种得与失的过程。

曾经那么渴望爱情是一场波澜壮阔的景象，如今发现，爱情来的时候，内心是淡定与从容的，这便是爱情最美的景象。

苏乔发了一张她在河岸路灯下的照片给 Paul，她说，"I miss you，too。Wait me。"

Paul 回复着开心的表情，"Wait you。"

生命很奇妙，他们在彼此需要的那一瞬间出现，在彼此想念的那一刻惦记，他们看到了彼此最需要的，爱情。

半夜，又下起雨，雨水打在屋顶上，风扫过河面，大自然发出各种深沉的声音。

大概睡了两三个小时，苏乔醒来，雨仍旧在下。苏乔起身准备出门，南溪被惊醒，对她说："穿件外套，外面会冷。"

苏乔回答："好，我睡不着，在外面坐一会儿。"

苏乔穿上一件长袖的黑色印花长裙，开门出去前，她又对暗处的南溪说："我们明天回象岛吧。"

南溪回答："好。"

暗色中，可以听出南溪轻松的口气，如释重负。

苏乔出门，到门外的露台上。她在那张圆形的桌子上，翻开牛皮笔记本，开始写她想写的文字。"闪电的光芒，沉潜于无声与静止之墓，匆匆划过天际，让墨色的睡眠闪过白光，再消沉。"

她在纸上，用黑色的墨水钢笔写："我不知道你的故事，我只知道你在我的故事里。倘若真的喜欢上一个人，那个人在哪里，天涯就在哪里。明天，我将要回到你的身边。Paul，等我。"

桌子上，那块有着青白相间的花纹，埋藏着 Paul 祝福的圆滑石头，静静地躺在那里，听她悉悉索索的写字声，像是 Paul 坐在那里，听她念本子上的中文字。

黑暗的雨夜，仿佛空气是蓝的，天空不时闪过的光，持续闪耀，照耀着一切，照亮了大河两岸的鬼魅山丛，一直到一望无际的尽头。乡野犬吠的声音，此呼彼应，持续着。苏乔拍了张照片，是她在伏案写字的样子，发在朋友圈，"I love you。Wait me。"

她放下手机，拿起那块石头，那里承载着所有美好的愿望与祝福。她走到栏杆豁口的位置，坐在那里，脚在水面上悬着，看这狂风暴雨下被激起的河水，心情澎湃，被河水埋葬的思念，全部涌出来。

她不知道长期雨水和河水的冲刷，让水下的绳子快要断了线。她没有感觉整个河面下翻涌的愤怒即将爆发，屋檐遮挡着大雨的侵蚀，让整个世界看起来依然那么平和。

狂风大作，大雨倾盆，掀起了岸边的树，掀翻了河上的橡皮艇，充气的水上设施已经东倒西歪，面朝河岸的房间开始嘈杂，水屋开始晃得厉害。这些，苏乔都没有感觉到，她沉浸在幸福里，沉浸在她即将重遇的爱情里。

苏乔的水屋靠近河水汹涌的位置，大雨仍然肆无忌惮地，和着狂风，席卷着水面上一切的东西，水屋摇晃着，让那已经腐朽的绳索喀然断裂，整个平台猛烈地摇晃，苏乔手中的石头一下滑了出去，她晃过神，伸手去抓，她只想抓住那块石头。平台此时猛然下沉，苏乔整个身体一下栽了出去，她惊慌失措，她忘记了呼喊，在水里，挣扎着，挣扎着。

惊醒的南溪，打开门，看到的是苏乔落水的背影，她跑出去想拽住她，河水拍上平台，浸湿了地面，南溪摔倒在那。她起身，去喊苏乔，看她挣扎着，逐渐消失在水里。

南溪开始大喊大叫，"ช่วยด้วย, ช่วยด้วย。（救命，救命。）"

"ขอร้องช่วยเขาด้วย। เขาว่ายน้ำไม่เป็น。（求求你救救她。她不会游泳。）"

"เขาก็อยู่ตรงนั้น। เขาว่ายน้ำไม่เป็น……（她就在那里，求求你救救她……）"

苏乔已经听不清声音，她想喊"南溪，救我"，声音卡在喉咙里，发不出来。

她似乎看到南溪在平台上急得不知所措，好像，她从阳台上跳到旁边的阳台上，好像有人来，又好像没有人，一切都变得模糊，世界都安静了。

她在水里，当她的头没入水下，河水就像一只大手，掴住她的脸。她想呼喊，想尖叫，但冰冷的河水冲进她的喉咙，让她窒息。她挣扎着，希望可以踩到陆地，或者可以抓到什么救生的稻草，可她的手中空无一物，除了潮湿的河水，寒冷刺骨。

她看到那块好看的光滑石头，在她身边漂浮着，映着 Paul 好看的笑容和明亮纯净的眼睛。他说，"I wait you。"

苏乔在心里喃喃地回他，"等着我，等着我。"

桌子上的手机，有明灭的光，苏乔朋友圈的照片下，Paul 回复她，"I love you。"

【结局一】
最美好的时候相遇

　　原来的人都是两性人，自从上帝把人一劈为二，所有的这一半都在世界上漫游着寻找那一半。爱情，就是我们渴求着失去的那一半自己。

——柏拉图　《对话录》

　　"เมื่อคืนฝนตกในพื้นที่แม่น้ำแคว，นักท่องเที่ยวที่พักริมแม่น้ำไปโดนน้ำเอาไปแล้ว。นักท่องเที่ยวรีบนีไปหมดเลย，มีนักท่องเที่ยวบางส่วนได้รับ บาบเจ็บ。ถึงเดวนี้แล้วยังไม่รู้ว่ามีกี่คนที่หายไป……（昨夜桂河地区大雨，桂河上部分旅游住宿被河水冲毁。游客已经逐渐撤离，有部分游客受伤，暂未查清是否有人失踪……）"

　　网站上新闻报道，像是魔咒，在他的脑子里一遍又一遍地重复。他看到照片上破败的河岸，很多房屋损毁严重，有一张照片，是一间被河水淤泥冲刷得乱七八糟的河屋，河面水屋阳台上有一张木头圆桌，倾斜着，那上面有一本牛皮纸的本子，和那天在观景台上看到的一样。那里有他的名字和故事。

下面有一张近景，被风吹过的页面，上面有浸湿的雨水，还有他的名字，被水晕开，那上面的字很清晰，"我不知道你的故事，我只知道你在我的故事里。倘若真的喜欢上一个人，那个人在哪里，天涯就在哪里。明天，我将要回到你的身边。Paul，等我。"

新闻最下面嵌了视频，是当地游客用手机拍的，河水无情地涌上河岸，冲刷着河岸上的水屋，强劲的风，吹过河面，把一切都卷走，把房屋卷走，把桌椅卷走，把那些纸张，衣物全部卷走，卷进河内，埋葬。

他在 Wechat 里一遍又一遍地发信息，"Where are you？"

"I wait you。"

"Wait you。"

"I miss you。"

"I love you。"

……

没有回复，没有回复。

他看她在朋友圈发的最后一张照片，是她在河岸小屋的阳台上，在那个圆形的小桌前，伏案书写，在那个牛皮纸本子上。她穿黑色印花的长裙，披着头发，一边别在耳后，安静地笑着，那样耀眼好看，人群里一眼便能看到。

Paul 开车到滩玛咏瀑布，他趟过冰凉的溪水，虔诚地站在瀑布前许愿，也许就是因为他没有带着她来这里虔诚许愿，才会让他失去她。他认为，这是惩罚。

他跪在石头上许愿，只要她好好活着，他就不再去打扰她。所有的一切都是自己一厢情愿，请饶恕他的罪。

他把手机扔进瀑布里，断了一切。

他哭泣着，为她。

苏乔，苏乔。

一年后

象岛的马路边，摩托车租赁店依然是不可或缺的生意，越来越多的游客来到这里，他们租赁摩托车，在这个小岛上游荡，看海天一色，树木葱茏。听风的声音，海的声音，听幸福或者悲伤的声音。

这个小岛，深藏着数不尽的爱情，在匆匆一瞥中，便已种下。

曾经，那个苏乔认为摩托车最全的租赁店，挂上了有中国字的门牌"134 号"。老板检查着店铺里的摩托车，擦拭着车上的灰尘，收拾着店铺里凌乱的一切事物。

阳光照射在她纤瘦的后背上，照在她侧脸上，她有着美丽的样子。她抬起头，眯着眼，看街边来往的人群车辆，匆匆闪过，淡然地笑着。她，泰国身份证上的名字叫苏乔。

当苏乔重新踏上这个小岛，来到这个店的时候，她看到转租的信息，看见那个戴着圆形大耳环的老板，正在和她的金发碧眼的男友贴转租的告示。老板转头看到她说："Hi，You're back。Welcome。"她竟然记得苏乔。

老板准备跟着外国男朋友搬到美国加利福尼亚，那里有着和这里一样的好天气，她的两个孩子会得到比这里好很多的教育。苏乔衷心地祝福着这一家幸福的人。

苏乔回来了，老板离开了，不知道是否还会再回来。苏乔租下了这个店，有了在这里定居的生意。

有人来租赁摩托车，她帮忙办理了租赁手续，然后用流利的泰语说，"*ขอบคุณ แล้วเจอกัน เล่นให้สนุกนะ*（谢谢，再见，玩得开心）。"

1年前，她在桂河那个水屋上，遇到了大雨，狂风，河水发作，她被那片河水卷进去，看不到任何光亮，她只看到河水中，闪着 Paul 好看的笑容，看到他露着白色的牙齿，还有那纯净的眼睛，看着她，一直说，"苏乔，苏乔，快来，快来"，像是灵魂的引渡者。

她忘记了自己是怎样回到岸上的，她只是听到南溪的呼救声。南溪和她一样，不会游泳，她大声地呼喊着，呼喊着。

河水把南溪的声音盖过了，苏乔被河水盖住了。在她失去意识的时候，是他们隔壁的一个当地游客救了她。

在南溪喊到嗓子撕裂的时候，在南溪看见这个隔壁房客准备离开水屋的时候，她跳过阳台，去求他，求他救救苏乔。那个人看到河水里快被淹没的影子，果决地跳下水，把她救上来。也许来这个河上的人，都擅于水性，除了苏乔和南溪。

两天后，苏乔醒来的时候，南溪在她的身边，周围是忙碌的护士。南溪吓坏了，她流着眼泪笑着说："我们应该学会游泳。"

苏乔苦涩地笑，这是多么真实的对白。那么不可思议，犹如天籁。

苏乔得救了，而她没有抓住那个 Pual 许了愿望的石头，她的手机、牛皮笔记本都丢了，她的行李箱和背包已经被南溪收在车厢里。

她就这样，丢了爱情的愿望。

苏乔在医院住了两天，南溪帮她把签证做了延期。出院后，苏乔买了从曼谷回北京的机票，南溪送她到机场，紧紧拥抱，告别。

南溪说："做你想做的，害怕的时候，你可以回来找我。我一直都在。"

苏乔流着泪，狠狠地点头。

她离开南溪的怀抱，离开这个国度，没有回头。

她换了手机，换了号码，断了和方子勋的所有联系，包括蒋婷。有人总是不经意地告诉她，蒋婷和方子勋没有结婚。结婚当天，方子勋并没有到场，蒋婷成了一个笑话。她还听说，蒋婷疯了一样到处找苏乔，她总是认为，方子勋找了苏乔。

这些，苏乔都只是笑笑而过，她知道，这个城市里每天上演着狗血的剧情，谁又在乎多一两件消遣的趣事。她不会再出现在他们的世界里。

除此之外，她甚至不再有 Paul 的消息，好像随着那场大水，一切都消失了。

她开始学泰语，用自己所有的积蓄办理移民，南溪帮她在泰国处理了所有的手续，一切都很顺利。

她觉得，每个人都不会永远年轻，只要自己的心年轻着就好。应该为自己的心去做一件事，选择让自己开心或是甘愿的事情。

苏乔在最不好的时候遇见 Paul，离开他。她准备好了，她想在自己最美好的时候重新遇见他。

她来了，来到这个他们擦肩而过的世界。她喜爱这里的空气，这里的炎热，这里的尘世，缓慢而与众不同。

马路上蒸腾着雾气，天空一会儿晴，一会儿雨。让这个夏至的午后，充满了温润的美。偶尔经过的汽车和摩托车，打破宁静的街道。有机车呼啸而过的声音，平坦的路面并不如陡坡来得刺激。

苏乔光着脚，站在木头的平台上，看着马路对面通往酒店的那条小路，没有再出现过那辆黑色的机车。也许，Paul 已经离开了这里，就如同这个摩托车租赁店的老板。苏乔不知道他来自哪里，去向何处。

苏乔找不到 Paul，他们的联系随同那场大水，凭空消失，杳无音讯。她发去的消息都如石沉大海，他们竟然除此之外，没有留下任何联系方式。

她去过周围的度假村，希望可以遇见他，但并没有如她想的那样，重新相遇。

苏乔在吧台里收拾租赁单和租客的护照。吧台的墙上有 Paul 帮她拍的白沙滩的日落，观景台那个穿红衣的"少女"，清凉而宁静。

马路上轰鸣的机车声由远而近，然后逐渐消失，又由远而近，苏乔抬头看远去的机车，任这种声音出现了再消失，那里没有他，他们曾经在凄然一笑中相遇，又错过。世间之事，即是如此，缘分使然。

他们，彼此丢了彼此。

苏乔继续擦拭着照片上的灰尘，也许，美好就是因为失去了才变得珍贵。

"你好。"

一个说中文的游客，应该遇到了老乡。苏乔继续擦拭着墙上的招聘，没有回头，说："你好，老乡，需要租摩托吗？这里的摩托是岛上最全的，都是老乡，我给你打折……"

"我想租人。"

苏乔转头，想看这个说着中文的男人，究竟是犯了什么病，租人？什么服务？

熟悉而陌生的脸，就在那明媚地笑。他露出整齐洁白的牙齿，笑着，麦色的肌肤闪着光，那样好看，如神祇般，耀眼神奇。

苏乔在那愣着，痴痴地看，忘记了一切的语言和动作，似是在这一刻，天荒地老。

对，缘分这东西，任由它来去，你却无所适从。

不知过了多久，他们就那样看着彼此，仔细地端详，他们照亮了彼此的世界，他们看得眼睛都痛了，痛得直流眼泪，看不清耀眼的光。

"你好，我叫纳姆，我想租照片上的那个人，可以吗？"Paul指着墙上穿着红衣的苏乔，说着不熟练的中文。

"ดี เช่านานเท่าไร（好啊，租多久）？"苏乔笑着哭着，用流利的泰语回答。

"一辈子。"他用不地道而清晰的中文回答。

他学习了中文，他想读懂牛皮纸笔记本上，写着他名字的文字。他的心随着手机落入瀑布的那一刻，便留在了瀑布之下。

他辞了这里的工作，回到清迈找了学校，和那有着华人血统的华裔老师学习中文，就像重新听见那个美丽的女子在给他讲牛皮纸上的文字。

在这一年的夏至，他重新回到这个岛，骑着朋友的机车，在那个陡坡间一遍一遍地飞驰而下，在这个通向度假村的路边，一次次地路过。去他们曾经去过的观景台，看他们曾经看过的日出，日落。路过咖啡厅，他会坐在窗边的位置，看路边经过的人，可他知道，她也许不会再出现了。

他再一次经过这里，经过这个曾经通向那条小路的马路，就像曾经他在陡坡上疾驰而下，经过那辆公交车时一样，她是那么耀眼。他看她凄然一笑，便爱上了这个女子。

这一年夏至，她 32 岁，他 24 岁，他们相差 8 岁。

他们，在最美好的时候相遇，遇到了最美好的爱情。

【隐藏结局】
这一生终究错过了

苏乔不知道自己睡了多久，梦里她看见方子勋和蒋婷结婚了。蒋婷穿着那件璀璨的白色婚纱，如同仙女。他们慢慢地走向苏乔，笑着和她拥抱。苏乔目送他们走进结婚礼堂的红毯，戴上戒指。他们就在她最喜欢的教堂里说着永恒的誓言，结婚了。

苏乔想喊住他们，却怎么都喊不出来。她看到蒋婷惊恐的表情，死死地拽着方子勋往后退，生怕被苏乔抢了去。苏乔很着急，她只想祝福她们。她着急地想跑过去拉住他们，可她怎么都跑不过去。

她缓缓地睁开眼睛，她看到穿着蓝色大褂的护士在她面前晃来晃去，她看见自己身上插满了管子，困难地呼吸着。

她听见南溪嘤嘤地哭，压抑着哭泣的声音，怕扰了别人。她看见南溪被眼泪哭脏的脸，在面前不停地出现，南溪总是在说："你快点醒来吧，你快点醒来吧。"

她还看见那张有着好看笑容的脸，就在那里明媚地笑着，在空气里飘荡着，飘荡着。

"Paul……Paul……"

"乔，你醒了吗？你能看到我吗？乔，是我，能看到我吗？"

苏乔感觉眼睛沉重得压住了眼球，看不清东西，她听见南溪去喊了医生，然后听见悉悉索索的脚步声，检查，与南溪说话，然后离开。

"南溪，是你吗？"苏乔努力地睁开眼睛，想看清身边的人。

"对，是我，是我，乔，我是南溪。"南溪破涕而笑。

"我这是在哪里？"

"医院。"

"医院？怎么会在这里？"

"你不记得了吗？你在象岛的度假村泳池里不小心落水，幸亏周围有人路过，把你救起来送医院了，不过你呛了水进肺里，在医院一直发高烧，昏迷了十几天了。"

"十几天？落水？"苏乔努力回忆着，她想到自己那天在泳池里看到那个漂浮的榛子，她想去把那个榛子捞起来，然后，她感觉自己难以呼吸。她从那里离开，她看到那个榛子依然漂浮着，如同自己。

苏乔努力想着，怎么会？难道我已经……苏乔晃着头，想把这些荒谬的想法晃走。南溪赶紧过来阻止她。

苏乔看着南溪，"你怎么在这里？"

"我本来打电话问问你玩得如何，是一个护士接的，告诉我你很危险，我就来了。幸好你活过来了，真好，真好。"南溪握着苏乔的手，激动得不知道该说什么。

"十几天？我在这里待了十几天？那 Paul 呢？"

"Paul 是谁？"

"就是……就是……。"苏乔一时不知道该怎么解释。"没什么，我随便说的。"

南溪在她耳边又说了很多话，苏乔都已经听不清了。

苏乔在医院又住了两天，医生检查了一下，基本已无大碍，便允许她出院了。

苏乔回到度假村，度假村里的房间依然如昨，和她当天去泳池的时候一样，由于翻比基尼，箱子里的东西全部暴露在外面，四散着。

苏乔开始不安，她不知道自己究竟是做了一场梦还是真实发生的，Paul 是那么清晰地在她面前出现，她可以抚摸到他的皮肤，吻到他的唇。他们在一起的每一天都那么真实。可她住进酒店第二天就落了水，进了医院，这怎么可能？

苏乔翻看着手机，手机里怎么都找不到 Paul 的头像，也没有盖的微信。一切都像不存在一般，没留下任何痕迹。

苏乔不知所措，她带着南溪，去周围的酒店前台询问，是否有一个叫纳姆，英文名叫 Paul 的男孩在酒店上班，没有人认识。她又去盖工作的那个酒店，问他们的厨房是否有一个 21 岁的男孩，叫盖。依然没有人认识。

苏乔去了摩托车租赁的地方，那里的老板带着大耳环，混血的模样，大儿子和小儿子在吧台里嬉闹，和她见过的一模一样。苏乔像见了老熟人一般和她打招呼，可老板并不认识她，这里并没有她的租赁单。她反复确认着，可以确定，老板并不认识她。

苏乔去孤独海滩，找那群山林里遇见的探险者，可海滩上的旅馆林林总总，背包客、探险者进进出出，并没有找到那个和她住在一个帐篷的女人。也许是早已离开了这个小岛。

苏乔去了所有和 Paul 去过的地方，去了那间咖啡店，去了酒吧，去了餐厅，他们都说，来过的人太多，没有人记得他们。就连那个咖啡店的老板，也不知去向。她不知道自己是否真的遇见过那个男孩，也许一切都是梦而已。

苏乔想起，自己和 Paul 在一起的那些日子，Paul 从来没有和任何人说过话，他每次都只是在度假村门口的那片墙下的阴影里安静地，等她，笑得好看。

苏乔想起，Paul 的肌肤一直都是冰凉的，没有温度。

苏乔还想起，盖总是会出现在他们需要帮助的时候。

她从来不知道，Paul 工作的地方就在她的附近，他们相遇在他们都必须经过的那条小路上。

苏乔不再找了，南溪不知道苏乔找的那个叫 Paul 的男孩究竟是谁，也许是她在岛上遇见的人，可没有人知道这个人。

苏乔回酒店收拾行李，她走出房间的时候，旁边的房客走出来，是那个幸福的一家三口的男主人，他看到苏乔，问她："Are you okay？"

苏乔听说，那天从水里救他的人就是住在她隔壁房间的男主人，没想到，他们的假期依然继续着。苏乔点头道谢："I am ok, thank you for saving me。"

"Wish you have a happy holiday。"

那个男人点头微笑着，说谢谢。

苏乔离开 134 号房，她看那个男人在平台上朝她招手，然后回到房间。

苏乔没有问他是否见过自己，她知道，那是一场梦，这个男人不认识她。

南溪帮苏乔办理退房手续。吧台里的那个人妖正在悄声地和旁边的女服务员说话，南溪可以模糊地听见，十几天前，岛上靠近港口的那个陡坡处，有一辆黑色机车撞在一辆坡下的皮卡车上，当时机车上两个男孩都死了，他们都在旁边度假村工作。

南溪办好了手续，来到沙发的位置，帮苏乔拿行李，说，"我听前台的人说，有两个男孩，十几天前在岛上那个陡坡上出了车祸。"

"两个男孩？他们叫什么？"

"不知道，只知道他们都在旁边那个度假村工作。"

苏乔把行李扔下，拽着南溪朝外跑去，他们来到旁边的度假村，就是苏乔走错的那间"凶宅"。她问那里的人，有没有叫纳姆或者叫盖的男孩。那个前台看着像是新来的，不知道苏乔说的这两个人是谁。

有个帮别人拎行李的服务生听见南溪问的话，叫住南溪说，"纳姆和盖是在这里工作的，纳姆还是这个度假村老板的亲戚呢，后来盖去了另外一家酒店，说是学厨师去了。不过前些日子，盖很着急找纳姆，说是什么女朋友来找他，他们就骑着摩托车出去了，在港口那边的路上出了车祸，死了。"

南溪把听到的话翻译给苏乔听，苏乔瞬间不知道自己应该用一种什么心情去表达听到的消息。

苏乔问车祸是哪一天？

那个行李生告诉南溪，好像是 6 月 21 日，正是苏乔来岛上的那天。南溪拽住要倒下的苏乔。

她们回酒店把行李放进车里，开车去了那个陡坡的下面，那里早已没有了任何机车的影子，柏油路边的黄土之上，有一片焦黑的土，想必是车祸留下的唯一痕迹。苏乔走过去，那里有烧过纸的黑色焦土的痕迹，还有一束新鲜的白色花串，应该是刚有人来过。在焦土的下面，露出那黄白相间三色花纹的石头。苏乔发疯般地扒开那堆黑色灰烬，露出那块瀑布许愿石。

那许愿石，有她许下的愿，她希望这个有着纯净笑容的男孩可以幸福。

苏乔将那块石头拾起来，擦净，握在手里。

她想起来那天在瀑布，她很小心地把那块石头放在背包里的一个袋子里，她从车厢里找出背包，把东西翻了一地，找到那个布袋子。她小心翼翼地打开袋子，生怕一用力，便消失了。她伸手到里面，她摸到那块光滑的石头，拿出来，那块有着一圈一圈年轮般的花纹，光滑的外表，青白相间的石头赫然出现在眼前。

苏乔把那块黄白花纹的石头和这块青白花纹的石头放在一起，她忽然放声哭出来。

他们在一起的点点滴滴，真实地发生过。

那一天陡坡之上，他们便已相遇，他们相视而笑，擦肩而过。

他们一起许愿，一起徒步，一起冒险，一起在观景台上看日出日落，海天一色。

他们相遇，又分别。

他们这一生终究还是错过了。

有一本书上写过："每个人都有一个守护天使，这个天使如果觉得你的生活太过悲哀，你的心情太过难过，那么他就会化身成为你身边的某一个人，成为你的朋友或者恋人，陪你度过一小段快乐的时光。然后默默离开，于是你的人生就有了幸福的回忆，即使你未来的路上布满荆棘，你依然会想起那段幸福的时光。"

Paul 就是那个天使，那个化身为恋人的天使，在苏乔的生命里走过，与她相遇，留下幸福的回忆。他用自己最美好的祝福，与她渡过最美好的时光，带她离开最孤独和悲伤的日子。

苏乔和南溪离开了小岛，南溪把车开上了渡轮的甲板上，如同苏乔梦中那个位置，她下车站在弦墙旁边，看这安静的海面，看那远处的港口，越来越远，却未曾出现那个好看的笑容。

那片岛上，深藏着太多的爱情，包括她和 Paul 的。

弦墙旁边，有一辆黑色的机车停在那里，上面戴着帽子的男子，看向她，苏乔也看着他，凄然一笑。

苏乔相信，这个世界上一定会有那个爱你的人，穿越这个世界汹涌的人群，捧着沉甸甸的爱，走到你的身边。

苏乔看着这个机车上的男子，走到自己的身边，摘下帽子，露出好看的笑容，纯净的眼睛，看着她，笑着，露出白色的牙齿。

苏乔哭着，笑着……

图书在版编目（CIP）数据

十里孤岛　囚谁终老 /林熙妍著.--北京：中国
广播影视出版社，2017.7
ISBN 978-7-5043-7897-2

Ⅰ.①十… Ⅱ.①林… Ⅲ.①长篇小说－中国－当代
Ⅳ.①I247.5

中国版本图书馆CIP数据核字（2017）第095687号

十里孤岛　囚谁终老

林熙妍　著

策　　划：庞　强　刘　媛
责任编辑：许珊珊
封面设计：海燕·贝壳悦读

出版发行：中国广播影视出版社
电　　话：010-86093580　010-86093583
社　　址：北京市西城区真武庙二条9号
邮　　编：100045
网　　址：www.crtp.com.cn
电子信箱：crtp8@sina.com

经　　销：全国各地新华书店
印　　刷：北京领先印刷有限公司

开　　本：710毫米×1000毫米　1/16
字　　数：141（千）字
印　　张：11
版　　次：2017年7月第1版　2017年7月第1次印刷

书　　号：ISBN 978-7-5043-7897-2
定　　价：32.00元